有树花开

周欣翔 著

浙江工商大學出版社
ZHEJIANG GONGSHANG UNIVERSITY PRESS

图书在版编目(CIP)数据

有树花开 / 周欣翔著. —杭州 ：浙江工商大学出版社，2018.1

ISBN 978-7-5178-2439-8

Ⅰ. ①有… Ⅱ. ①周… Ⅲ. ①长篇小说－中国－当代 Ⅳ. ①I247.5

中国版本图书馆 CIP 数据核字(2017)第 276246 号

有树花开

周欣翔 著

责任编辑 王 耀 任晓燕
封面设计 林朦朦
责任印制 包建辉
出版发行 浙江工商大学出版社
(杭州市教工路 198 号 邮政编码 310012)
(E-mail:zjgsupress@163.com)
(网址:http://www.zjgsupress.com)
电话:0571-88904980,88831806(传真)
排　　版 杭州朝曦图文设计有限公司
印　　刷 杭州五象印务有限公司
开　　本 880mm×1230mm 1/32
印　　张 5.875
字　　数 136 千
版 印 次 2018 年 1 月第 1 版 2018 年 1 月第 1 次印刷
书　　号 ISBN 978-7-5178-2439-8
定　　价 22.00 元

浙江工商大学出版社营销部邮购电话 0571-88904970

我渴望有一天，我的树梢开满了芬芳清丽的花朵，就让这些花儿，随着风，飞舞到世界的每一个角落，把我最初的梦想洒落大地

周欣翔

序

在我的印象中欣翔是一位既会读书又会写作，且这些方面都非常认真的孩子。记得八年级时，我让欣翔给班级做一节《沙乡年鉴》的阅读分享课。短短一个星期的时间，她居然细读了文本三遍，密密麻麻做了很多批注（或赏析或质疑或感悟等等），还收集了很多名家解读资料，把这些资料进行融合，结合自己的思考做成 PPT，给我们呈现了一场阅读盛宴。像这样能在繁忙的学业中，潜心阅读并有自己精确独到的体会，实在难得。

欣翔不仅读这部书如此，读其他经典更甚。因为有良好的阅读习惯，有大量的阅读积淀，源头有了，诉诸笔端时，活水自然而然就会汩汩而出，所以有了一篇篇美文，一篇篇佳作，于是就有了这样一部书。收到欣翔的小说，我几乎是一气呵成地读完的。读罢，感慨良多。

首先是佩服。在初三分秒必争的时期，欣翔居然能保持每日一定的写作速度，并能一路拼杀以优异的成绩考上自己理想的学校。其精神可嘉，其毅力可见。其次是欣慰。欣翔是一个很有灵气的孩子，很多时候一点就通，一点就能悟出很多令人惊喜的东西。她能在我任教期间爱上阅读爱上写作，乃吾之大幸也。再次是学习。欣翔在这样的特殊时期犹能坚持写作，而身为其师，却没能做到这些。十几载来，除了交差的论文，留存下来的属于自己的文字寥寥无几，作为老师亦要向欣翔同学学习！

本书讲述了一个坚持追求梦想的故事。主人公周树菲，她是一个很有才气、个性特别敏感的孩子，想尽情地释放自我，但在现实生活中又非常克制。无论在怎样的压力下始终坚持自己的梦想，经历过一次次的蜕变，逐渐成长。在她身上我仿佛看到了作者的影子，在最忙碌的时期始终坚持做自己喜欢的事，树菲创作音乐，欣翔勤奋码字。两人同样执着、认真、可爱。

周树菲是一个令人疼惜的孩子，她在乎的人一个个离开了她，包括她心动的对象王民麒，也包括她最可亲可依赖的亲人杨泽文。慢慢地只剩下她一个人在孤军奋战着。树菲是压抑的，但是庆幸的是树菲的沉重只是暂时的，王民麒虽然离开了她，但一直写信给她鼓励。而父亲最后也回到了她的身边。那一刻，周树菲喜极而泣；那一刻，我也被深深感动。

周树菲就像一团火，照耀他人，也温暖自己。树菲告诉我们有了梦想就要坚持，无论是远大的豪情壮志，还是朴实的小小理想，那都是同等美好的。

其实，最初的我们也是有梦想的，也相信一定会有实现的那一天。可是慢慢地，遇到失败，遭到挫折，甚至只是因为那些微小的琐事，我们的信心一日日地被消磨掉，取而代之的是心甘情愿的平庸。人的一生是窄若手掌，还是宽若大地，全在你的一念之间。“当你一心想要某种东西的时候，整个宇宙会合力助你实现愿望。”

每一个梦想都值得去细细品味，苦涩中，尽是甘甜滋味，坚持自己的梦想是艰难的过程，但是你会发现一切都是值得的。王民麟如此，阮元意如此，后来认识的陈苏扬、舒倩亦如此，包括她的父亲杨泽文，他们的人生在梦想的催发下，焕发出别样的光彩。我希望每个人都可以像小说中的他们一样，敢想、敢梦、敢追求，并以独特的姿态绽放自己的生命。

这部初试啼声之作很值得一读。如果你还在路上彷徨，还没有找到自己的方向，抑或是你找到了自己的方向，却不知如何去坚持，可以读一读这本书，它会激励你向前进发。

我希望这部小说作为欣翔的起点，就像周树菲独立创作的第一首曲子《一直走下去》中所唱的“永不轻言放弃，不道苦与泪水，一直走下去，踏过烟雨风尘，走过平湖秋月，一直走下去，永远走下去……”走得足够足够远。

是为序。

林海冬

2017.9.10

目录

发芽

在很久很久以前，一座偏远的大山上，生长着一片茂盛的树林。树林里生长着许许多多各式各样的树，还生活着它们的动物朋友们。

有一天，在树林的某个角落，冒出了一棵小树苗，没有树认识它。在这片树林里的树木，都秉承着踏踏实实、安安稳稳的传统思想，每天都很平和地生活着，都希望能领悟万年老树的真谛。

但这棵不知名的小树与它们不一样，它无论如何都无法做到平平和和、安安静静地生活，打它从土壤里探出头的那一刻起，它就蠢蠢欲动，想要到世界的每一个角落。它这么奇怪，因为它竟然幻想着有一天，也能像小鸟朋友一样飞上蔚蓝的天空，飞到它想去的地方，去看看不一样的天空和大地。

当它第一眼看到天空时，它就对天空充满了好奇。蓝得那么辽远，洁白的云朵多么可爱，到了晚上，星星还会对它眨眨眼。它多么希望它也能飞到天上，去摸一摸柔软的云朵，和星星说说话。可是它的根被深深扎在土壤里，“树”的身份，让它只能够幻想。但是它坚信，终有一天，它一定会达成自己的梦想，哪怕现在看来那么荒唐。

第一章

曾经，我听过这样一句话，没有伞的孩子要努力奔跑。

阳光红润润地普照在大地上，透过没有拉严实的窗帘，扑在周树菲身上。绿色的叶子摇摆着，晨风也是爽朗美好，偶尔飞过几只灰色的野麻雀，与小树轻轻招手。

“周树菲，起床啦！快点起床！”

“哦……知道了。”

早晨的安静总在六点时刻准时被打破。周树菲揉着凌乱的头发，软绵绵地直起身子。这就是每天都重复上演的戏码——起床、刷牙、洗脸、换校服，这就是周树菲已经被电脑程序设定好的生活流程。一切都 OK 了，她才无奈地拍打着自己紧绷的写满睡意的脸颊，防止自己一不小心又把眼睛合上。

周朝阳总是把什么事情都打理得井井有条。也不知从哪个微信朋友圈里看到的，每天早上都会为周树菲准备“元气早餐”。周树菲拖着步子，坐到餐桌前，一杯牛奶、一碗小米粥、一个煎蛋、三片全麦面包，还有一小碟水果，整齐划一地排列开。白色的精致高仿瓷盘映衬着袅袅热气。

周树菲顺手拿起一片面包，直愣愣往嘴巴里塞。

“等一下——”

周朝阳把最旁边的白开水推到周树菲面前，扬起那典型的“慈母之微笑”，轻声细语地说:“先喝白开水,通畅肠胃。”周树菲接过白开水,象征性地“哦”了一声,端起杯子便“咕咕咕”灌了下去。水尽,周树菲也舒服清醒了许多。

看着周朝阳一脸洋溢的笑容,周树菲不禁说道:“老妈,你又受哪个朋友圈刺激了? 这么多,你是想把我撑着吗?”

周朝阳瞟了周树菲一眼,道:“都说了,不要叫‘老妈’,要叫‘妈咪’。你妈咪我这么年轻,都可以当你姐姐了好吗? 可不要一声声‘老妈’把我真叫老了。你妈咪还单身呢。”

“是,是,是。我尊贵美丽年轻,又温柔可爱的妈咪大人。”周树菲叹口气。周朝阳虽然年近四十,但是有时候还有小孩子的脾气,与周树菲相处得像个朋友一样。周树菲习惯性地抬起手,看看手表,没想到分针已经稳稳指向四十。

“My god!”周树菲抓起沙发上的书包,嘴里咬着一片面包,就往外跑。

“妈,妈,我看要迟到啦,我先走了啊。”背上书包,艰难地扶着门穿上那双小码的运动鞋。

“喂!”周朝阳朝门外喊,“周树菲,你早餐还没有吃完呀,上课肚子饿了怎么办。你慢点,还来得及,小心点啊……”

“知道了——”周树菲小跑下楼,也嫌弃周朝阳啰嗦,一路上嘀咕,“一把年纪了,还像小孩一样,担心这,担心那的……”

“树菲。”林舒雅骑自行车追上小跑的周树菲。周树菲回头看着林舒雅,一脸稚气,加上刚修剪过的披肩短发,漂亮而优雅,盈盈笑着朝周树菲骑来。

周树菲阴沉着的脸一下子欢快了起来:“我的林大美女来了。”林舒雅把自行车稳稳停在周树菲旁边,拍了一下她的脑门,说:“菲菲怎么一脸不开心呀?”

周树菲摸着“受袭”的脑门,可怜兮兮地说:“亲人哪,怎么下手这么重。我的智商都要被你敲没了。”

“就你!”林舒雅没好气地说,“上课神游也能考班级第一的大学霸。”

周树菲见林舒雅不悦,便凑上去捏捏林舒雅的肩膀,一脸赔笑:“我的皇后娘娘不要生气,气老了未来皇上可不要你了,小菲子这就陪娘娘去学校。”

林舒雅憋着笑,装着尊贵骄傲的样子,优雅地低头看了一眼,又故作矫情地朝前面走去,悠悠而道:“小菲子,起驾。”

“喳,皇后娘娘。”周树菲也装模作样地曲下膝盖,拖起林舒雅的手随她朝前走,林舒雅另一只手推着车。

不一会儿,两个人就笑出了声。林舒雅骑上车,用力蹬去,周树菲在后面追赶,还不时喊着,“林舒雅,你悠着点! 慢点,小心着车!”

……

两个人一路上打打闹闹,到校门口便安分下来,林舒雅乖乖地推着自行车进校门。

“老师好。”两个人朝值班的老师礼貌问好。

“你们好。”老师也点头回礼。

等过了大门,周树菲扯扯林舒雅的衣服,在她耳边说:“哼,反正都是到学校,你骑这么快有什么用呀。”林舒雅也反身,凑到周树菲耳边,一脸坏笑地说:“让你多跑跑,你这么胖,该减肥了。”周树菲的脸瞬间阴了下去,拉着林舒雅的耳尖:“林舒雅,我连一百斤都不到好不好,说什么呢你!”

“小菲菲手下留情,痛,轻点轻点。”林舒雅一脸无辜地向周树菲吐了吐舌头,俏皮可爱,周树菲也松手,双手交叉在胸口,以一副“完胜”的姿态道:“知道就好。”

林舒雅突然脸色骤变，低声说：“‘王二娘’来了！”周树菲匆匆看了看两旁，紧张地问：“哪儿？”林舒雅朝周树菲身后使了使眼神，用更低的声音说：“后——面。”周树菲马上放下手，严肃地转过身退后了一步，看到王柳正站在她的面前，白皙的脸上死气沉沉。

“王老师好。”周树菲慌张地脱口而出。

“王老师好。”林舒雅也呆住了，赶忙顺着周树菲一起说。

王柳扫视了二人，面无表情地命令道：“你们两个人，早上到了学校不马上进班级，在这里打打闹闹成什么样子，念你们是好学生，我也就不批评了，马上把自行车停好去教室里晨读。”

“是是。”两个人悻悻地转身，想早一点逃离王柳的魔爪。

“等等。”周林两个人担忧地转过头，“周树菲跟我来一下，我有些事情想跟你说。”林舒雅松了口气，周树菲可倒霉了。

“啊！”周树菲可不想去王柳的办公室，谁知道有什么“好”事情会降临在她的身上。“雅儿，救我。”周树菲无辜地朝林舒雅看了一眼，林舒雅很义气地拍了拍她的肩膀，不怀好意地说：“加油，我相信你！”

周树菲深深叹了口气，心里那叫一个苦呀。“快点周树菲，不要浪费时间！”王柳催了一声。

“知道了，王老师。”周树菲朝林舒雅极不情愿地做了一个鬼脸。林舒雅耸耸肩膀，深深地吐了口气，在心底祝周树菲“好运”，然后优哉游哉地去停车了。

“丁零零……”

“周树菲！”林舒雅像僵尸一样突然从后面冒出来，用力拍了一下周树菲的肩膀。周树菲捂着受到千斤重力的肩膀，侧着瘫了下去，无奈地埋怨：“亲人，你能不能不要这么用力啊？肩膀都要脱臼了，很痛的知不知道，身高本来就没点了，被你这么拍几下不都没有了，姐姐还励志长到一米六五呢！”

林舒雅坐在周树菲旁边的桌子上，扬起脸庞不屑地说：“还‘姐姐’呢，不就比我大一两个月，看把你得意的，再说，你还比我矮呢！”周树菲嘟嘟嘴：“大一两个月也是大嘛，双胞胎大一秒还是姐姐呢，这是不可否认的事实。”

“算了算了，说不过大学霸。”林舒雅抬起眉，双手抱拳以示“认输”，“对了，‘王二娘’跟你说什么了？透露一下呗。”林舒雅一脸期待地凑到周树菲面前，极感兴趣地眨眨眼睛。

周树菲神秘地招招手，示意林舒雅把耳朵凑过去一些，林舒雅满心欢喜地照做了。周树菲把手搭在嘴边，小声说：“你猜呀。”还吹了几口气。林舒雅揉揉痒痒的耳朵，手顺势敲在周树菲的头上，一脸受欺骗的委屈与愤怒。周树菲一猫身，巧妙躲开了，还双手摆出“防御”的姿势，开心地说：“免疫！”林舒雅斜过脸，不服气，却笑了。

周树菲拍拍林舒雅的脸，吐着舌头说：“亲人不生气，我会心疼你的。不过，‘王二娘’这次跟我说的是件大事，我总要向娘娘讨点奖赏不是吗？”还饶有趣味地点点脑袋，一脸坏笑。

林舒雅撩了一下头发，思考半晌，缓缓说：“嘿，小妮子也跟我耍花招了。”说完，伸出一根手指头，生硬地说：“一个冰激凌，哈根达斯。”周树菲满意地比了一个“OK”的手势，伸出小拇指：“拉钩。”林舒雅笑着伸出小拇指：“拉钩上吊，一百年不许变，变变就是小猪猪。”最后两个人的大拇指紧紧贴在了一起。

周树菲也正经了，压低了声音说："舒雅，我跟你说，我们学校下个月要办一场音乐会。这算不算一个天大的消息，'王二娘'刚才亲口跟我说的。"

"音乐会！"林舒雅激动地叫出声来，其他同学都一脸诧异地向林舒雅投过疑惑的眼神。周树菲连忙拉扯下林舒雅的衣服，食指比在嘴前，紧张地提醒："嘘——"环顾了一下四周，对林舒雅说："你疯啦，这么大声！目前这可是绝密啊。"

林舒雅不好意思地拍着嘴巴，坏笑着道歉："不好意思啊，我实在太太太激动了。不过这么大的消息，'二娘'怎么会最先告诉你呢？她最近不是在抓你那什么英语、数学的奥林匹克竞赛吗？不怕你分心呀？不过这回学校真是难得！校长换了就是不一样。"

周树菲看着林舒雅一脸欢欣雀跃的笑容，继续说："我这不是还没有说完嘛。听说这次还请了一个叫什么 SHOOTING STARS(流星)的乐团，让我去写什么欢迎辞。不过'二娘'还是反复提醒我要好好准备比赛的。哎，舒雅，你知道这个 SHOOTING STARS 是什么来头吗？"她抬头看着林舒雅。

"SHOOTING STARS!"林舒雅回忆了一下，"我好像听说过。"

周树菲忙问："怎么样，怎么样，帅不帅？"眼神里带着闪光。

林舒雅眯起眼打量着周树菲："你这个号称'万年大学霸'的学神级人物怎么开始对这些事情感兴趣了？说好的绝不追星呢？嗯？"还用指尖轻轻戳了戳周树菲的额头。

周树菲羞涩地晃着头，支支吾吾地说："这不是听说他们也就比我们大那么两三岁嘛，说不准就对上眼了呢？你说是吧？"

"噢噢，你小小年纪玩早恋，信不信我告发你？"林舒雅威胁周树菲的同时还不忘努力回忆关于 SHOOTING STARS 的相关记忆。

周树菲抿嘴："这不是开个玩笑嘛，我这种整天只能扎在学习堆里的，也够可怜了，哪有什么时间想这些。我老妈要知道我们学校搞这么一出戏，肯定又念叨了，什么要收心，不可以心散了之类的。"周树菲极其无奈地耸耸肩，"苦啊！"

她抬头看着天花板，软下语气："不过，话说回来，他们真的好幸运啊！小小年纪就出道了，也不用像我们受这么大的压力，还可以做自己喜欢做的事情，真幸福！好羡慕呀！"周树菲用手托住下巴，满脸的"羡慕"加"嫉妒"。

"我想起来了！"林舒雅突然舒缓了口气。

"想起什么了？吓我一跳！"正沉浸在自己世界里的周树菲被林舒雅这么一叫，仿佛真的受到了惊吓，"怎么跟我妈一样，有时候一惊一乍的。"

"我想起 SHOOTING STARS 了！"林舒雅兴奋地喝了口水，"难怪听着那么耳熟，不就是前几个月刚出道的团吗？五个人的那个组合。我还给你看过他们出道时候的视频，有印象吗？"

周树菲一脸茫然地摇摇头。

林舒雅急了："就是组合里有个姓周的，长得很俊秀，你当时还很自恋地说你们周家人颜值就是高，我还跟你翻了个白眼，记得吗？"

周树菲恍然大悟，"哦——"伸出一只手不停地比画，"那个那个……"努力回忆那个人的名字，"那个，叫周子晨！"

"对！"林舒雅见周树菲想起来了，也兴奋地拍了一下大腿，"终于记起来了，急死我了。"

周树菲回忆了以前看过的关于他们的种种，奇怪地说："我记得他们也不过就一帮小孩而已嘛，哪有‘二娘’说得那么厉害。学校这次怎么请那么大牌的，说好的全身心投入到学习中去的呢？怎么觉得太阳打西边出来了？”

林舒雅也赞同地点点头，应和道：“是呀，这个 SHOOTING STARS 是挺大牌的，听说是什么‘超级梦想组合’‘青春少年团体’。”林舒雅张开手指，比画出一个数字，夸张地说：“他们才出道不到四个月，粉丝的数量就将近一千万了，一场音乐会的门票三百起价，每次都有几千的粉丝到场。”

“哇。”周树菲眼睛瞪到都不是自己的了，心慌地说，“那‘二娘’这次是不是有什么阴谋啊？把这样一个重要的致辞交给我写，万一有什么话说得不妥，他们的粉丝岂不是都要来找我算账？”

林舒雅拍拍周树菲的背，安慰道：“放轻松，这是好事呀，说不定是学校突然开窍，想给我们缓解一下高压的学习氛围也说不定，你就不要这么担心了。”

周树菲心虚地点点头：“有道理。”

“丁零零……”

又上课了。

林舒雅背起书包站在周树菲的面前说：“菲，咱们走吧。”周树菲还坐在位子上慢吞吞地，桌子上扔满了今天用过的课本和练习本。

林舒雅催促了：“菲菲，你在搞什么呀？动作这么慢。”伸出手想要帮她一起收拾，这个时间点，人都走光了。教室里只剩下周树菲和林舒雅两个人，周围一片安静，林舒雅说的话在教室里尤其响亮。

周树菲为难地看着林舒雅，好半天才说出一句话：“舒雅，要不你先走吧，我还有点事。”林舒雅停下手中的动作，诧异地问：“周树菲，你怎么啦，怎么说了 SHOOTING STARS 以后,你就神游得更厉害了?”

“哪有的事?”周树菲拍了拍林舒雅的手,“林大美人,你就放心吧,我都几岁了,没事的。反倒是你,你不是一定要我陪你,你才敢回家吧?”

林舒雅有点忐忑了,看着周树菲一脸傻笑,不安地说:“菲。”“回去吧,路上小心点,爱你。”周树菲比了一个爱心给林舒雅。

林舒雅做了一个“干呕”的表情,嫌弃地笑着:“好吧,那我就相信你。”林舒雅转身走到教室门口,又转回来叮嘱:“那我先走了,你等会儿也早点回去吧。拜拜。”

“拜拜。”周树菲微微一笑,目送着林舒雅走下楼梯。

看着门外,周树菲呆了一会儿。天渐渐沉了下去,慢慢昏暗了,对面的楼房被黑夜一点点盖住,也模糊了身影,只剩下半残的轮廓,再没有人影出现在周树菲的面前了。

周树菲回过神,偌大的教室里只有她一个人在慢慢整理书包。背上。出门。关门。

外面下起了淅淅沥沥的小雨,周树菲撑着伞,一个人走在路上,微弱的路灯光把周树菲的影子拉得很长很长……

“我怎么了?”周树菲把脚下的石头用力踢到一旁,石头弹了几下,就滚进草丛里不见了踪影,“天知道我怎么了。”周树菲叹了口气。

“谁知道我心里在想什么。谁都不知道……”

天又暗一点了,周树菲的视线也越加不清晰了。雨渐渐下大了,不留情地击打在周树菲的雨伞上。周树菲将手中的雨伞高高举起,雨顺着风被吹到周树菲的脸上,凉得扎人,刺得人眼睛都睁不开,周树菲连忙把伞放低,打了个寒噤,耳朵冻得通红。

“谁都不知道我到底在想些什么,舒雅也不知道,妈妈也不知道。只有我自己知道。”周树菲对着地面嘀咕着。

“想归想,我多么希望能够成真啊!梦想实在很美好,可是现实有时候很无力。”看着天边的云都黑压压的,路灯却越发明亮,周树菲知道,又一个白昼没有了。

她突然抽噎了起来,眼泪就这样直勾勾地滑下去。“我什么时候才能真正做自己想做的事情?天天学习的生活,总是这样千篇一律,就跟个机器一样总是要马不停蹄地跑呀跑,就怕有人追上。”她抽噎着从口袋里掏出一张纸巾,擦了擦眼角的泪水。

周树菲把伞往后移了一些,这样她能够看清楚夜晚的颜色,雨丝打在她的脸庞上,泪水又流了下来,与雨水混杂在一起,她紧紧咬住嘴唇:“我也想在舞台上,把我的歌声唱给所有人听,我可以尽情地释放自我。深情饱满地唱完一首歌,虽然有点喘,但是听众可以感受到我的音乐中所包含的美好,多幸福啊!”

“我希望,真的很希望!”周树菲蹲在路边,看着雨水在水坑里溅起一朵朵水花,“可为什么就是不行?我为什么非要在学习上那么僵持?为什么我做什么事情都会犹豫不决?我能不能为自己的人生做主!”

她忍着,内心有怒火,有不甘,有失落,还有痛苦。

“我能不能说到做到一回?可不可以勇敢去追求自己的理想一次?”周树菲紧紧揪住自己的裤子,尽量不让自己的泪水流下来,为什么要为梦想流泪呢？明明“梦想”是一个美好而又灿烂的东西。什么时候周树菲能跨出一步？哪怕仅仅是一小步，也行的。

周树菲揉了揉溢满泪水的双眼，站起来，异常坚定地对自己说：“周树菲，你要不要迈出这一步？敢不敢迈出这一步??”倏然，她被自己的诚恳打动了。

“可以，我行的。”

周树菲感觉自己特别伟大，因为终于不再受 SHOOTING STARS 的影响而莫名伤感了，释怀便好。

“走，回家。为了梦想，冲吧，周树菲！”边想边跨大步往家门走去。有梦在等她，她不能退缩，更不能放弃。

“树菲，今天你怎么回家这么迟呀?”周朝阳的视线从电视里移开，投到门口正在脱鞋的周树菲身上。看着头发湿漉漉的周树菲，不禁皱起眉头：“树菲，你是不是淋雨了?”

周树菲脱掉鞋子，笑笑说：“今天老师留我去补习英语，下个月不是有个英语竞赛嘛！”她把书包放在沙发上，双手搭在周朝阳肩上道：“我出校门的时候下了一些小雨，我原本以为我没有带伞，后来发现书包里竟然有一把。唉，然后就淋了一下。”说完“嘻嘻”笑了两声。

周朝阳摇摇头，说：“小笨蛋，不会先找老师或者同学借伞吗?”

“老师和同学都走光了嘛！就只剩我一人呀。只能找自己合撑喽。”

“真是，就你说得在理。”周朝阳没好气地刮了一下周树菲的鼻子，宠溺地说：“小朋友，快去洗澡吧，不要感冒啦！”

周树菲撒娇地凑到周朝阳脸边，说：“知道了——我亲爱的妈咪。”

周朝阳“咯咯”笑了起来，把周树菲推开：“多大人了，还像个小孩子一样，快去洗澡。”

“遵命！”说着，周树菲咧开嘴，飞快跑进了房间。

第二章

周树菲一个人安静地从教室门口进来,坐到位置上,拿出课本,架在面前,又偷偷拿出一张白纸和笔,放在课本后面。

林舒雅写了张纸条,揉成一团,看着老师走过去后,就朝周树菲的位置砸去。老师听到有什么动静回头查看,林舒雅连忙低头,假装正在读书的乖样子。

周树菲回头看看林舒雅,林舒雅也探出头来朝周树菲眨了一下眼。

周树菲会意地点点头,低头伸手捡起纸团,攥在手心,探出头张望了一下,确定老师已走出教室,便大胆地打开纸条,只见纸上用黑笔写着几个潦草的字:菲菲,昨儿没事吧,什么时候回的家?

周树菲暖心地笑了起来,翻过纸条,在后面写道:没事没事。我可爱的娘娘就放心吧！顺便画了一个笑脸,脑袋都不圆溜,转身将纸条扔给了林舒雅。

林舒雅伸手,接住。

她自豪地向周树菲挑挑眉,她打篮球打了三年可不是白打的,截个球而已,小意思。她看了纸条,嫌弃地写下:笑脸都丑死了。连个画都画不好,服了你了。

林舒雅再一次瞄准,正好砸在周树菲的头顶上,周树菲生气地转过头,林舒雅故作夸张地静音大笑,又连忙朝她使了使眼色。周树菲知道王柳进来了,就赶紧把头别过去。

王柳站在讲台上，扫视了一下学生。然后，缓缓而道："同学们，我要说一个学校通知，大家听好。"台下没有一点儿声响，都齐刷刷地盯着王柳，王柳满意地点点头，继续说："校长与各位老师商量，为了缓解同学们紧张的学习气氛，让同学们放松一下，以便今后更好地投入到学习中，学校郑重决定，将在下个月八号，在五号楼四楼会议室，举行一场大型音乐会。希望有才艺的，并对此感兴趣的同学踊跃报名，学校团委将会于下周五中午在舞蹈室进行筛选。具体安排到下周的班会课再详细说明。"

"现在，阮元意，你给想报名的同学发报名表。"王柳把一叠纸递给头排的班长阮元意。阮元意接过纸，站起来转身。

艺术节得过奖的学生纷纷举起手来，阮元意一一为他们递过报名表。

林舒雅突然举手发问："老师，我有一个问题。"王柳和其他人的注意力从报名表上转移，一齐看向林舒雅。

王柳点点头，说："林舒雅，你有什么问题，起来说吧。"

林舒雅站起，大声询问："王老师，我们可以多个人组合表演吗？"

"当然可以。学校这次举办活动，就是为了让同学们积极参加，肯定有些节目会因为节目单太长而被剔除，然而同学们要想都能够获得上台表演的机会，最好是几个同学一起表演一个节目。林舒雅这个问题提得很好。让大多数有音乐爱好的同学能够体会舞台的魅力，这正是学校举办此次音乐会的宗旨。"

王柳接下林舒雅的话，对其他同学表示鼓舞："这将是我们在初中生涯中的第一场，也是最后一场音乐会，我也希望各位感兴趣的同学能够积极参加演出,不让自己在帝高里留下遗憾。但我仍旧希望演出过后,各位同学要把所有的精力都投入到学习中去,虽说中考离我们还有十个月的时间,可我们还是要以最饱满的姿态迎接中考。”

听了王柳的话后,下面的同学更加躁动了,纷纷交头接耳讨论一同表演的事。

“同学们,先暂停讨论。”王柳很满意自己制造的效果,但是为了班级纪律,她严肃地发言,“现在离报名结束还有一周的时间,大家可以回去跟父母商量一下,确保在不影响正常学业的情况下,进行练习。”

王柳的话突然就停止了,目光落在周树菲和另一个也即将参加下个月英语奥林匹克竞赛的男生陈伟身上,说道:“大家也不要忘了下个月的学习任务。希望同学们尽快做好决定,争取在音乐会上达到自己满意的效果,留下难忘的时光。”

同学们也被王柳激情昂扬的话语打动了,台下不由掌声一片,王柳也微微咧开嘴,点着头。

在一片欢声笑语中,周树菲反而有些失落,她明白,王柳最后那一番话就是说给自己听的。“或许,就这样吧。”周树菲在心底默念着。

等到放学。

周树菲和林舒雅肩并肩走在小道上,彼此沉默不语,林舒雅几次想打开话题,但看到周树菲那副爱理不理的冷漠脸,也就欲言又止了。

走了将近半程,林舒雅终于耐不住沉默,着急地问:“树菲,你到底想不想上去表演啊?这可是你一直都很期待的。我都向‘王二娘’求证过了,可以两个人一起表演。”

周树菲愣了一下,无奈地抬起头:“我也想啊,可是‘二娘’不想让我去,这有什么办法。我想我还是乖乖地准备下个月的考试,写欢迎辞就好了。”

“你怎么知道?”林舒雅摸不着头脑了,“你怎么知道‘王二娘’不让你去参加的?她叫你去办公室了吗?不对呀,今天你连上洗手间都是跟我一起的,‘二娘’什么时候叫过你,我怎么会不知道呢?”

“你叽里呱啦说了一大堆,我该怎么插话呀!”周树菲语塞。

“呃……”林舒雅尴尬了,“不好意思啦,我就是想不通。你说,你说。”

周树菲翻了个白眼,软绵绵地说:“你傻呀,没听早上‘二娘’说我们下个月还有其他学习任务。你想,下个月除了音乐会,就是英奥赛了,这不明摆着是说给我跟陈伟听的嘛!”她叹了口气,眼睛瞟到地上,“我还是不趟这个浑水了,乖乖学习吧!”

林舒雅看周树菲有点颓废的样子,颇同情地捏捏她的肩,安慰道:“‘二娘’不让我们上去表演,我们照样自己练,自己演。不就是不给大家看嘛,我们给自己看。”林舒雅停下脚步,周树菲也停了下来,“不要难过了,菲菲,我们现在就去选歌,马上排练,‘二娘’不让我们去,我们还可以在台下自己表演。”

周树菲笑了,露出她的牙齿,还有两个深深的梨涡,她把林舒雅搂过来紧紧抱住,感动地说:“谢谢,雅儿,谢谢你!”

林舒雅别扭地推开周树菲,说:“两个女的光天化日之下这么搂搂抱抱,待会儿可不让人误会我们的关系呀。要是让我的粉丝们看见了,不小心误解了我们的行为,他们都不敢追我了。”

周树菲不屑地笑了起来。

林舒雅捶了一下周树菲的肩膀，说："我们谁跟谁，不要感动到以身相许就好了，我可是个纯洁妹子哦。"

周树菲又一个白眼，搭下脸："亲人，你想多了，我也是个纯洁妹子好吗？我对你不感兴趣。"说完转身就走。

林舒雅刚想说"就你"，还没有说出口，周树菲就拍拍屁股走人了。林舒雅急忙追上："哎！周树菲，你慢点，平常也不见你那么脚快。喂，周树菲，你听见了没有啊？"

在一家书店里，周树菲和林舒雅靠在角落的墙上，一边翻看着各类音乐书籍，一边不满意地摇头。

"菲，你找到什么好的曲子了吗？"林舒雅焦急地搔搔头，书上的乐曲，没有一个合她的心意。

周树菲摇摇头，打个哈欠，问："雅儿，你确定要找金曲练吗，这舞蹈让我怎么编呀？什么'太阳出来我爬山坡'，是真的要让我搬一座山去爬的节奏呀？"说着，还假装双手往上攀爬。

林舒雅忍不住吐槽："你那个叫猴子爬山，不是人爬山。不过这曲子，似乎是我小时候的最爱，也不知道怎么想的，天天在床上蹦跶唱这首歌。"说着，也很害羞地低下了头。

"有品位。"周树菲指着乐谱，很专业似的点着头，一副大牌导演的模样儿。

林舒雅也不客气，一巴掌拍在周树菲背上："谁叫你变相说我坏话的，也要给你一点教训。"林舒雅对此举理直气壮。

"哎哟，娘娘！亲人！皇后大人！"周树菲扶着墙，满脸委屈，"我可是实话实说,你怎么说打就打啊?”林舒雅也不理会,埋头又继续翻看。周树菲见状,也乖乖看起书来。

“菲。”

“嗯?”

“要不,我们自己作曲吧!”

听了林舒雅的话,周树菲的脑袋激灵了一下,又感到无限喜悦。她颤抖着手在林舒雅的额头上摸摸,问:“雅儿,你没有发烧吧?”

林舒雅打开周树菲的手,一本正经地说:“我是认真的。如果我们真的想迈出这一步,这次就一定要听我的。”周树菲愣住了,大脑似乎一下子卡壳了,脑海里回荡着“迈出去”“迈出去”,视线停留在林舒雅那张严肃的脸上。

林舒雅把手中的书放回了书架,拿过周树菲的书,一并放回,回头朝周树菲一笑,拉起她的手就往书店外面跑。

她两边张望了一下,拽着周树菲向左边跑去。

“雅儿,我们这是去哪里呀?”周树菲朝陌生的方向,与林舒雅一起疯狂地奔跑,书包里的书起起落落。

林舒雅渐渐慢下步伐,周树菲大口大口地喘着气,擦了一下额头上的汗珠。

“我舅妈是开琴行的。我们就去她那里写曲子。那里不仅可以提供乐器,还可以找我舅妈指点一下。”林舒雅东张西望,抽空说一句。

周树菲站着看了一会儿,问:“是国音琴行吗?”

林舒雅还在寻找,诧异地反问:“你怎么知道?”

“我们刚才跑过一家琴行,我顺便留意了一下。”周树菲转身指着一家两间连着的店面，里面摆满了不同型号的钢琴，墙壁上还挂着几十把崭新明亮的吉他，“喏，就在那里。”

林舒雅顺着周树菲手指的方向看去，店面门口写着四个巨大的荧光字——国音琴行，又凑上门去看了看，点点头：“嗯，就是这里，进去吧。”

说着，林舒雅推开门把手上挂着“正在营业”的厚重玻璃门。周树菲从即将关上的门缝中挤了进去，卡了一下书包，又顺利进去了。

“嗯，挺会挤门缝的嘛！”林舒雅调侃道。

周树菲也客气地接下去：“谢谢夸奖，我太瘦小了，没办法。”

两个人神经兮兮的笑招来了店里的营业员，营业员严肃地说：“两位同学有什么需要吗？请不要在这里喧哗，谢谢。”

听到营业员这样说，两个人转回正经脸。林舒雅清了清嗓子，故作严肃地说：“你好，我找陈国华，陈老板。”营业员挑起眉看着林舒雅和周树菲，不屑地说：“陈老板有事不在，有什么事自己打电话问一下吧。”说完便自顾自地玩手机。

周树菲同林舒雅对视了一下，一脸尴尬，林舒雅委婉地说：“我们是陈老板的亲戚，麻烦转告一下陈老板，说她的亲戚有事找她。”

营业员走回柜台边，冷笑一下说：“亲戚就再好不过了，自己打个电话说一声不就完了。”

林舒雅靠在柜台前，撒娇地说：“姐姐，我们平日里上学，学校不让学生带手机的。你就行行好，帮帮我们嘛！姐姐。陈老板是我的舅妈，陈老板的丈夫姓林，是我的小舅舅。”林舒雅见她不吃软，就来点厉害的“关系”来壮壮场面。

“好，行。”营业员不知道是被说烦了，还是因为林舒雅的撒娇心软了，回头按下电话。

“喂,老板,有两个女孩来店里,说是你的外甥女,想让你下来一下。”

“嗯,好。”营业员挂下电话,对林舒雅说:“同学你先等一下,老板马上下来了。”

“好,谢谢姐姐!”林舒雅礼貌地朝营业员道谢。营业员也被那几声姐姐叫得心花怒放,其实她都是奔三的人了,当然还没有男朋友。

周树菲拉着林舒雅的手,往一旁的沙发走去,凑到她耳边低语:“雅儿,你看见了没有,那个阿姨被你这几声‘姐姐’叫得都快花枝乱颤了。”两个人强忍着笑意。

林舒雅也轻声笑着说:“你没有看到,刚才我说我是老板的外甥女,还说出了我舅舅的姓,那脸臭的。”

“你舅舅姓林,你跟你妈姓吗?”

“我爸妈都姓林,再说了跟妈妈姓有什么不好的,你不是从杨树菲变成周树菲了吗?”

“我这个是迫不得已,反正名字只是一个代号。只要这个世界上有我这么一号人物就行了。”

“这豁达,给满分。”

“嘁。”周树菲停了一下,伸手到林舒雅的腰下。“啊!”林舒雅惊慌地闪到一边,小心地说,“不可以搔痒痒!”周树菲不怀好意,伸出另一只手进攻,林舒雅一招“左手擒虎”把周树菲的手制住了。周树菲挣脱开来,一招“双龙戏珠”把林舒雅吓得连连退后。

“不玩了,不玩了。”林舒雅站稳了,拍拍衣服,“你看过这么多金庸小说,不算不算。"

周树菲刚想接话,身后响起了一声甜甜的娃娃音:"雅雅。"她好奇地回过头。

林舒雅兴奋地拥上去:"舅妈。"

陈国华摸摸林舒雅的头发:"都这么高了,几个月不见了,今天怎么来舅妈这儿了?"

林舒雅把周树菲推上来,笑嘻嘻地介绍:"舅妈,这就是我的同学,叫周树菲,是一个大学霸,每次都考第一名,还擅长写作文,文笔特好,跳舞也会。"周树菲被夸得害羞了,连忙说:"没有没有。阿姨您好,我是周树菲。"

"你好,你好。"陈国华伸出手与周树菲握手,"我是雅雅的小舅妈,我叫陈国华,算是中英混血,我奶奶是英国人。如果可以,叫我舅妈也行,叫我'Christine'也行。这是我的英文名。"

"舅妈你好。"周树菲觉得直呼长辈的名字有点不好意思。

林舒雅挽住陈国华的手臂,说:"舅妈,我和树菲想自己尝试一下创作曲子,你可以提供一下乐器和资源吗?"

陈国华吃惊地说:"雅雅要写曲子啦!我们家出了一个大作曲家喽!"还夸张地张开手,瞪大眼。

"那行吗?"林舒雅一脸期待地看着陈国华。

陈国华道:"没问题,我们雅雅开口,我怎么能不答应,你和同学在这里。我先去忙点事,有什么问题去楼上叫我就行了。"说着又转过身,对营业员说:"小龚,给雅雅和雅雅同学端两杯果汁,放旁边的桌上。"又说:"雅雅,你们如果渴了,就在椅子上喝,不要到钢琴那里去,洒了可不好。"

“行,知道了。”林舒雅乖巧地点点头,“舅妈去忙吧,我们自己来。”

陈国华轻轻敲了一下林舒雅的额头:“你这小家伙,行。今天晚上要不就留在舅妈这里吃饭吧,这边就我和小龚两个人。你同学也留下来吧。”

“这个——”周树菲有些犹豫。

“没事,树菲也一起。舅妈你去忙吧。”林舒雅连连催道。

“好好。”陈国华从一旁的楼梯走了上去。

周树菲尴尬地看着林舒雅,说:“这个不太好的吧,我都跟我妈说好了,我在学校补习英语,可没有说不回家吃饭,万一穿帮了怎么办?”

“没事的。”林舒雅拉过周树菲的手,“就说你跟我一起补习,然后直接到我家吃饭了。盛情邀请,难以拒绝,就不得不顺从了,这也算一个礼貌问题吧。”

周树菲无奈地点点头:“看不出呀,这么会骗人,是不是常常找这个理由来哄骗你爸妈。”

“这都被发现了,嘻嘻,说‘骗’太难听了,这叫机智聪慧,有谋略。”

“……”周树菲无语地笑了。

两个人来到钢琴旁边,林舒雅坐在钢琴前的椅子上,周树菲靠在琴的旁边。周树菲手中拿着本子,轻轻放在琴上,一边试音,一边记录下来。林舒雅轻哼了几下,周树菲边听边评价。

营业员小龚端来两杯果汁,笑盈盈地请周树菲和林舒雅停下歇一歇,她走过来的时候满脸堆笑,笑到眼角的皱纹都暴露了出来。两个人只是凑到彼此耳朵边笑着、低语着,不停对小龚说:“谢谢姐姐。”然后把她打发走了。

周树菲一边喝饮料,一边整理刚才写的曲谱,还不时哼几句,找找调子,林舒雅在一旁打着节拍,找旋律。两个人搭配得很有默契,唱到两个人都满意的地方时,就兴奋地击掌,互相对视,并在那一段下面打上钩。

果汁见底了,两个人放下手中的杯子,重新回到了钢琴前。两人挤着凳子,周树菲被林舒雅一招“神龙摆尾”挤下了凳子,周树菲一脸不服气,但也不得不愿赌服输,老实地站在一旁。

两个人不再打闹,突然变得正经,本子在她们手中传来传去,上面的音符不断增加,又不断修改。不一会儿,本子上就爬满了密密麻麻的长尾巴的、没尾巴的、黑的、白的音符。两个人满意地对视了一下。

“吃饭了。”陈国华从楼上端下菜来,西红柿炒鸡蛋、海带排骨汤、清水西兰花、豆芽肉丝。虽然只有四盘菜,但都色香味俱全,并且分量都刚刚好。林舒雅深深吸了一口气,惊喜地叫道:“好香啊!舅妈,这些都是你做的?”

陈国华细心地摆好碗筷,点点头。

“小舅舅平日里可真有口福。”林舒雅已经感觉到舌头与肚子的欢呼了。回头看到周树菲还在研究,拉过周树菲,说:“肚子要紧,快来吃吧。”周树菲匆忙把纸笔放好,被林舒雅拽走了。

“吃吧。”林舒雅递给周树菲一双筷子和一碗米饭,调皮地挑挑眉。

周树菲看着林舒雅一张“饿鬼脸”,也顺从地接过饭碗,与她们一同吃起来。林舒雅吃得津津有味,不时冒出一句赞美的话来,引得陈国华掩嘴而笑,周树菲也跟着小声笑,安静地低头吃饭。

吃好了,周树菲先去写东西,林舒雅又吃了几口豆芽肉丝,盛了碗排骨汤喝,但由于肚子太饱了,不得不放下碗筷,跑回周树菲身边。

“你说,这首曲子取什么名字呢?”

“要不把我俩名字凑一凑？这毕竟是我们两个人一起写的。”

“好呀好呀，林舒雅、周树菲，这两个名字不太好组合呀。”

“树林？”

“好奇怪，有点莫名其妙。”

“不然不要把我俩名字凑一起了。就叫‘乐’吧！”

“这个好，‘乐’字，读‘yue’的话，意指音乐，表明了我们的理想，读‘le’的话，又可以说明我们从中得到的快乐。简直一语双关，太棒了。”

两个人一个响亮的击掌，敲定这首曲子的名字。一首叫作《乐》的歌曲，虽然只有简简单单的几行，其中却包含了两个人的心血。是啊，第一次作曲嘛，周树菲转过头看着正在试弹的林舒雅，轻轻扬起嘴角，又低头看着黑白琴键，正在上下跃动。

周树菲笑了。谢谢你，舒雅。林舒雅了解周树菲，她想做一个与音乐相伴的人。虽然周树菲没有接受过什么专业训练，但是她是一个节奏感极强的女生，会唱歌，还会跳舞，尽管马马虎虎，但是已经成样子了。

周树菲常常会幻想，她站在舞台上尽情地唱歌跳舞的样子，强烈的七彩灯光聚焦在她的身上，随着她一起移动着。台下有没有人对她来说不是十分重要。能在台上酣畅淋漓地歌舞，没有牵绊，没有阻碍，一切包袱都统统甩开，这是一个只属于她的舞台，仅仅是她一个人的。

“喂。”林舒雅在周树菲的面前招了招手，见她没有反应，“周树菲？”

周树菲回过神，说：“啊？怎么了？曲子怎么样？”林舒雅拿着本子，笑着说：“当然是 OK 了，简直完美。就是有点小遗憾，这首曲子有点短，不过也不打紧。”又盯着周树菲，问：“你刚才在发呆，想的什么呀？”

“呃……”周树菲语塞了,总不能说刚才那些想的吧,那也太自恋了。“哦。”周树菲闪过一个办法圆场,“我在想歌词呀,想大半了。”

“真的!”林舒雅高兴地欢呼起来,“那真是太好了,快些写吧!我们今天就完工,明天马上开始排练,速战速决喽。”连忙把纸笔递给周树菲,满脸期待。

周树菲尴尬地接过纸笔,在心里暗想:我刚才说了些什么,作词那么大的事怎么可以乱说呢?周树菲啊周树菲。无奈,话都已经说出口了,就像泼出去的水再也回不来了。算了,是时候发挥我的语文水平了,好好写。周树菲在心里坚定地点了点头,沉入作词的工作中去。

她边弹钢琴边找感觉,再加上歌词,觉得满意就写下,就这样一字一句地增加,不久过后,整首曲子就逐渐完整了。当最后一个字落下的时候,周树菲感到如释重负,异常轻松与喜悦。这是不同于其他喜悦的欢乐,更形象地说,这是一种成就感,自豪而满足。

“耶!”两个人激动到相互拥抱了一下,手中紧紧握着新创作的杰作。

“试唱一下?”林舒雅小心而又轻快地问。

“嗯。”周树菲在钢琴上坐好,娓娓奏出前奏。

林舒雅看着手中的曲谱,跟着周树菲的节奏,唱道:

繁花似锦捕捉霓虹灯/笑靥灿烂春色鸟语香

有一种梦想/舞蹈旋转/直到云霄碧空之上

天空五色云彩/梦幻姿态/牵引到远方

带上棒球帽/系好了鞋带/开启一场旅行

秋叶无痛绽放这朵花/恬静美好枫叶飘落下

希冀在心里/伸手碰撞/温暖明亮湿眼眶

地上落叶枯黄/虽有凄凉/但化土为壤

目视着道路/无畏着前方/长风会有时

长风会有时/长风会有时

一曲落了,留下半晌的安静,林舒雅和周树菲就这样互相笑着,没有说一句话,但她们心里都知道,彼此是多么兴奋、多么满足。

“舅妈,我们走了。今天谢谢你喽。”林舒雅笑着与陈国华招手再见。周树菲站在林舒雅的后面,也说:“再见,陈舅妈。”

陈国华站在国音琴行的门口送周树菲和林舒雅离开:“小家伙,今天开不开心呀?曲子真的很好听,你们两个人可有天赋了!”

“谢谢舅妈的热情款待,你的小外甥女儿可开心了。”林舒雅和周树菲手拉手走出了门。

“路上小心。”陈国华目送两个人渐渐走远,提醒道。林舒雅举起手挥了挥,背对着陈国华潇洒地说:“知道了舅妈。舅妈再见!”

看着两个人不见了身影,陈国华便回去了。

“周树菲,你作业写完了吗?”林舒雅突然想起了正事。

“写好了。”周树菲轻松地说。

林舒雅夸张地握住周树菲的手,装作可怜的样子,乞求道:“大神,大学霸,大学神,帮帮我。”还假装抽泣了几下,“我这可都是为了你呀,你可不能见死不救啊!”

周树菲一脸无语，会意了林舒雅的企图，边掏书包边问："你有什么作业没有写完？"

林舒雅一一道来："语文的那个预习本，还有科学作业本，数学那张提高训练的试卷也还没有做……"

"停——"周树菲把所有写完的作业都一一整理了出来，厚厚一叠，放在林舒雅的手上，一派无所谓，帅得一脸的样子道："反正我都写完了，都拿去吧！"

"我太爱你了！小菲菲。"林舒雅想凑上去给周树菲一个大大的熊抱。

"得了吧，快回家。"

"还是小菲菲最好……"

第三章

“尊敬的各位老师、家长，亲爱的同学们，大家下午好！在这秋意盎然、风光无限的日子里，我校迎来了首届‘跃动节奏、舞动青春’校园大型音乐会。在这里，我们每一位热爱音乐的学子，都可以尽情地释放你的激情，享受舞台的充实与快乐。让我们放开歌喉，尽情唱出心中的旋律；让我们展开身躯，热情舞动澎湃的热血。下面我们有请王跃山王校长宣布音乐会开始！”

台下掌声一片，两个主持人自觉地退后了一步，一位身穿西装，大约五十岁的男子优雅地走上台，接过话筒。他侧过身，扫视了台下，说：“我们很高兴能有这样一次机会，学生可以展示自己的另一种风采，也很感谢有这样一次机会，能让我以及在座的各位学生、家长、老师，欣赏到学生不一样的姿态。现在，我宣布，帝高实验学校中学部首届‘跃动节奏、舞动青春’校园大型音乐会开幕！”

掌声再一次热烈响起，有些学生起哄地欢呼着，灯光聚焦在王跃山身上，台上响起了音乐，台下的气氛一下子沸腾起来。

林舒雅凑到周树菲耳边，尽量用两个人能听见的音量说：“这校长好像挺厉害的，刚上任不到半年就搞这么一出音乐会。据说他本人以前就是一个乐团的成员，后来不知道什么原因乐团解散了，他就回到家乡发展教育。听说他以前英俊优雅，风度翩翩，也迷倒过一大群妹子。”

“你也是其中之一?”周树菲打趣。

林舒雅瞟了周树菲一眼:“净瞎说,本娘娘的眼光可是很高的。他以前帅不帅我不管,反正现在还是有点味道的,但比起其他帅哥,还是相差甚远的。”她撇下嘴,摇了摇头,又道:“要找也要找像SHOOTING STARS那样的,长得帅,唱歌又好,听说英语说得还很溜,简直完美。”林舒雅一脸憧憬地犯着花痴。

“哟。”周树菲看着反常的林舒雅,不怀好意地问,“老实交代,什么时候迷上的?以前那个超级迷单向行乐队的林舒雅哪里去了?怎么追起小鲜肉来了?”

林舒雅不好意思地戳戳手指,轻声说:“前几天,我们在排练的时候,我看见他们唱歌的MV,那叫一个酷炫帅,逆天了都!不瞒你说,那个叫周子晨的真心帅到爆,尤其是那下巴,真是迷死娘娘了,声音还好听。”

周树菲听了,感慨道:“这孩子发春了呀,还发春得不轻啊。林舒雅,你知道第五人民医院的电话号码是多少吗?我想问问他们精神科的床位还有没有,这有一个典型的精神病患者,病因是被帅哥迷得神魂颠倒。”

林舒雅用力拍了一下周树菲的肩膀,愤愤地说:“周树菲,几天不打,上房揭瓦是不是,看本娘娘不好好教训你。”

“娘娘息怒。”周树菲识趣地包住林舒雅的拳头,给她捶捶肩,讨好地说,“娘娘不生气嘛,你可是我最可爱最可爱的亲人了。生气了就不美了,万一SHOOTING STARS的周子晨帅哥正在关注你呢。你这副样子被看见,可能就毁了你的女神形象了,你说是吧?我们呢,就安静地坐在这里,乖乖看演出,静候你家周帅哥出来好不好?”

林舒雅看这周树菲一脸谄笑,也就不斤斤计较了:“就你周树菲最会说话了，都甜到腻了。”

周树菲自豪地吐了吐舌头。

“树菲，你看那个人……”林舒雅用手指指舞台上的人，和周树菲评价起他们的唱功、舞技……

“今天，我们学校邀请了一个特别的组合，这五个朋友与我们各位同学年龄相仿，不过他们才华横溢，在音乐方面凸显出特别闪耀的天赋，他们就是今年八月份刚出道的梦想组合，超人气少年天团 SHOOTING STARS!”

“SHOOTING STARS! SHOOTING STARS!”台下粉丝尖叫声连成一片，林舒雅也跟着喊，周树菲只觉得鼓膜震痛，不过心中也是十分期待的。

“同学们安静。现在让我们期待 SHOOTING STARS 的精彩演出。有请 SHOOTING STARS 带来的《行走》。”

灯光聚焦地面。

忽得一暗，一亮，五束灯光照射在五个人的背上。

转身，抬头，张嘴开唱：

叶儿轻摇曳/风儿悄吹来

走在烟雨风尘里的梦/徒步前行的我望一片花海

轻吟一首诗/独自一人/行走在灵魂中不羁的流浪者

风唱一曲子/我回应一心海/走走停停走/全世界

青山依旧在/几度夕阳红/采菊东篱下/悠然见南山

星光耀余晖/尘埃了无声

历尽岁月山河中的人/在生命的旅程听花开花落

干净到温情/时光浇灌/走只能一个人走过的旅程

娓娓动听的旋律，舞台上曼舞的舞者，没有激情昂扬的动作，没有鼓噪突兀的声音。如淡淡的茶水般晕染开一层乐章，清晰的咬字，明朗的节奏，轻轻的、淡淡的。蓦地，一曲落，垂下手，低下头，看脚下的路，走只能一个人走的旅程，唱只有一个人的篇章，深远、悠扬。千万年之中，一人如初，也为心中唯一的信仰，徒步前行，走过千山万水，漂泊到夕阳西下……

没有如歌如诉的感动，却打破了周树菲内心深处的防线，这一首似历尽时光的曲子出自五个与他年龄相仿的少年之口。惊愕，更多是惊喜。无人为孤岛，自己便是全世界，是的，周树菲着实被感动了。温暖，她轻轻展开了笑意，梦想，对，岁月才是她最好的陪伴。

片刻之久，礼堂是寂静无声的。

主持人上台，灯光重新聚焦于一点时，全场突然爆发出热烈的掌声，SHOOTING STARS的成员展开笑容，一字排开站在主持人的旁边，一齐响亮地说："大家好，我们是SHOOTING STARS。"

接过话筒，一一进行自我介绍，为首的男生极为腼腆，他对话筒"嗯——"地思索了一下，说道："各位同学大家好。我是SHOOTING STARS的队长苏擎。"他笑了一下，把话筒递给下一位。

他面容严肃，一派高冷风，清晰地说："大家好，我是SHOOTING STARS的成员，周子晨。"说完便马上把话筒传给旁边一位。

这是一位可爱的男生，脸颊上有点肉，但仍显得消瘦："大家好，我是

SHOOTING STARS的成员,吴晖。”深深一鞠躬后,顺势把话筒传给下一位。

“大家好,我是SHOOTING STARS的成员,林程义。”他的声音十分突出,淡淡的沙哑却夹杂着浓浓的磁性。

最后一位成员接过话筒后响亮地说:“大家好,我是SHOOTING STARS里年龄最小的成员,我叫白若谨。”最后交还给队长苏擎。

“我们很高兴,今天能够邀请到这么一群青春洋溢、活力四射的少年天团。我代表帝高,向SHOOTING STARS表示最热烈的欢迎!”

台下掌声与尖叫声混杂着响起。

“菲,什么时候读你的欢迎辞呀?”林舒雅拉了拉周树菲的衣服,周树菲倾过身子,说:“不清楚,可能被删了吧。”“为什么呀?学校这坑人呀。”林舒雅为周树菲打抱不平。

“SHOOTING STARS的经纪人说了,什么欢迎辞太过于隆重,这样显得他们很大牌的感觉,还是要保持低调的学生亲和力,毕竟只是场音乐会嘛!”周树菲解释道。

苏擎拿起话筒,用清脆的声音说:“嗯,今天十分高兴,能够来到帝高实验学校初中部参加这样一场大型校园音乐会。”接着,缓缓扫视了台下,继续道:“同学们,我相信你们其中也一定有人像我们五个人一样,拥有音乐梦。我想说的是,不管前方的道路如何,对于梦想,一定要坚持下去,只要你们的心中怀有信念,到哪里都会发光!总有一天你们会实现自己的理想,至少,你们能在追梦的过程中体会什么是‘无怨无悔’,什么是‘不顾一切’。为了梦想,而无怨无悔!”最后深深地一鞠躬。

看似没有修饰的语言,却那么质朴而又生动,句句敲击着周树菲的内心深处，她咬紧嘴唇，聚精会神地看着台上那微笑的，神态坚定的大男孩——苏擎。不论这段话是发自肺腑或者是一段早已经背烂了的台词，但却真的打动了这个为梦想犹豫不决的女生。“为了梦想，无怨无悔。”周树菲重复了一遍这句话，有种莫名的感动，泪水不禁要涌出眼眶。

周树菲担心哭了被别人看见，拉扯下林舒雅的校服，轻声说：“舒雅，我们去上个洗手间呗？”林舒雅正对着高高冷冷的周子晨帅哥犯花痴，被周树菲这么一说，想起自己早上也喝了三大杯水，正有点想上洗手间的意思，点点头说：“OK，那咱们走吧。”

“感谢 SHOOTING STARS 的精彩表演与激动人心的致辞，请 SHOOTING STARS 的成员稍作休息。下面有请……”

林舒雅和周树菲猫下身子，小心挤过人群，偷偷从学校礼堂后门溜了出去。

“林舒雅，你快点！”周树菲从洗手间里出来，在洗手的时候顺便洗了一把脸，用纸巾擦擦。林舒雅从里面慢悠悠地走了出来，从容而道：“来了嘛！急什么？”

王跃山从后门里走出来，看到两个人，这两个家伙吓得可不轻，惊讶地说了一句：“老师好。”又想到称呼不对，连忙改口：“校长好。”

王跃山也不计较，微笑着点了点头，说：“你们好。”停顿了一下，问：“你们怎么在这儿？里面还在演出呢。”

周树菲连忙接上话，说：“我们出来上个洗手间，肚子不舒服。”林舒雅应和着点点头，摸摸肚子，脸上露出难受的表情，略微俯下身子。

王跃山若有所思:“你们为什么不参加音乐会的表演呢？有什么原因?”又觉得有点突兀,更详细地解释道:“你们不要误会,我只是想了解一下我校学生对于音乐的兴趣。不瞒你们说,我以前也是搞音乐的,在音乐界也算得上小有名气了,你们知道,我们这里前几年的教育很落后,我又因为其他一些原因退出了音乐界,就回到家乡搞教育,也想在你们这么大的学生中挖掘一些音乐才子。”

听了王跃山的一席话,周树菲和林舒雅都十分吃惊,周树菲一下子便愣住了。林舒雅见周树菲不说话,答道:“谢谢王校长对我们说的这一番话,我们其实也都是十分热爱音乐的人,但由于这个月还有一个英语奥林匹克竞赛,所以为了不互相影响,就先选择不参演,争取下一次演出机会。”她又尴尬地笑笑。

“看来我还是考虑得不够周全,没有能让所有热爱音乐,希望在舞台上表演的孩子们全部参与这次演出。”王跃山有些遗憾地摇摇头,脸上流露出无奈的表情,“那祝你们在比赛中取得佳绩。我也会采取你们的建议,下次举办音乐会,尽量避开考试,这次很遗憾,不好意思,没有给你们上台展示自我的机会。”

周树菲和林舒雅连声道谢,90°角连连鞠躬。

王跃山点点头说:“没事,没事,你们先进去看吧,别错过了其他同学的精彩表演。”

“好,好。”

目送着王跃山走下楼梯,林舒雅拉着周树菲从另一扇门溜了出去。

周树菲紧张地问:“舒雅,我们不回去继续看演出吗？万一被‘王二娘’发现了那可怎么办？会被批评的。”

林舒雅不语，拉着周树菲一路跑。周树菲不时回过头去看看，又担心自己一个人回去林舒雅会被批评，只好无奈地跟着林舒雅跑。两人来到学校的后花园，这是一片种满花儿的地方，就在教学楼的后面，很少有人关注。但着实有着别样的风景，所以两个人会经常来到这里闲逛，久而久之，也变成了周树菲和林舒雅的“秘密花园”了。

渐渐缓下脚步，林舒雅转过身对周树菲一本正经地说：“树菲，我们上个月创作了《乐》，然后每个周末都排练是为了什么？我们即使知道自己没有办法上台如愿演出，依然一如既往地做这些事情，不就和那些在台上表演的人一样，想有一个完美的过程，然后谢幕吗？刚才校长的话让我突然想到了这些，我们不能在那里演出，那我们就在这里演出。他们表演，我们也表演，反正他们在礼堂，我们在这儿，天地就是我们的观众，有什么不好的！你说是吧？”

周树菲堆积了良久的泪水，终于冲破了大坝，一涌而出。林舒雅看周树菲哭了起来，紧张地安慰道：“菲，如果你觉得委屈就直说，我们回去继续看表演，你也别哭呀！”林舒雅手忙脚乱地掏出纸巾。

周树菲嫌弃地接过纸巾，自己拭了拭眼角，然后笑出了声：“傻雅儿，连拿个纸巾都这样毛手毛脚的，我这是高兴，你都看不出来，谢谢你，雅儿，也就你知道我的心里在想些什么了。”

林舒雅舒缓了口气说：“吓坏我了。咱们一家人不说两家话，那现在我们就开始吧！”说着挑了挑眉。

“谁跟你一家人？”周树菲吐了吐舌头。

林舒雅拍拍周树菲的背，耐心“教导”：“菲啊，你这句话就不对了，我们每天如胶似漆的，别人都觉得我们已经是一家人了，再加上上次我带你去见我舅妈,也算见了长辈吧,这怎么就不是一家人了呢？亲。”

“这话不对,到底你是男的,还是我是男的？你不是说你是一个性取向正常的纯洁妹子么,这么快就认对象了?”周树菲笑笑不再说下去。

林舒雅面红耳赤,连忙说:“怎么尽往这些方向想,亲人也不一定要是这种关系的好吗？真是,说不过你行了吧,认输认输。我还是要再次声明,我是一个性取向正常的纯洁妹子,别多想,我对你没意思。好了好啦,赶快开始吧。”

“亲人,不要害羞嘛,我也就说说而已啦!”

“周树菲,你还说!”

两个人打闹了一会儿,也就安静了下来。站好以前排练的位置,无伴奏,清唱,跟着心中的旋律:

繁花似锦捕捉霓彩灯/笑靥灿烂春色鸟语香

有一种梦想/舞蹈旋转/直到云霄碧空之上

……

周树菲翩翩起舞,宽大的校服,如裙摆一般旋转而开,也多几分姿态,修长的手臂上下浮动,灵动着身躯。

末了,周树菲停下动作,来到林舒雅身边,与她共同唱出那最后的五个字,心里的,那所一直期待与憧憬的。

半晌的安静后,周树菲小喘着气,与林舒雅对视,笑了,像梦一样纯净。心里若有梦,到哪儿都是舞台。

“感谢 SHOOTING STARS 的精彩表演与激动人心的致辞，请SHOOTING STARS的成员稍作休息……”

苏擎等人从台上走下来，退到舞台后面。

五个人坐在特别准备的靠椅上，喝着矿泉水。舞台上又传来了音乐，又开始了一个新的表演。校长王跃山从一旁向他们走来。五个人同时站起，极有礼貌地齐声说道：“王校长好。”王跃山微笑着点点头，说：“你们表现得很好，一两个月的舞台经验，自然不少。不过这次对你们来说算小的，继续加油吧！”

苏擎边听边表示赞成，接道：“这次演出是不算大，但面对每一场演出都不能够放松，我们还要时刻保持着最佳的状态来面对观众。谢谢王校长的鼓励。”

王跃山控制住音量朗朗而笑：“不用这么客气，我是看着你们五个人从音乐道路上一步步成长起来的，从练习生到正式出道。只可惜你们出道那天，我没有去你们的发布会。”停了一下，他仔细打量苏擎等人，有些感慨地说：“你们都长这么大了。音乐可真是一个让人享受的东西，眨眼间，我也就老了。但是你们呢，也要时刻注意自己的科学文化水平和道德素养是否达到标准，这毕竟是一种必要的内涵！”

“谢谢王校长的教导。”林程义点着头。

“好好。”王跃山看了看手表，说：“我还有事，就先走了，你们好好休息吧。欢迎你们到我们学校参观，我们学校可是园林为主的绿色校园，景色是真不错，值得去看一看。好了，再见吧。”校长说完，就朝后门方向走去。

“王校长再见！”

吴晖用胳膊肘碰碰周子晨的手臂，饶有兴趣地说：“子晨，我们出去逛逛吧,在这里等太无聊了,反正接下来也没有我们什么事。”周子晨思考了一会儿,说:“我随意。”

吴晖拉着周子晨的胳膊就往外拽:“那太好了,就当你默认了,我们走吧。”又回头继续喊人:“苏擎,程义,若谨,你们走不?”吴晖一脸期待,瞪亮了眼睛。

“好。”苏擎点点头说:“我也一起去。”

“那你们呢?”

白若谨轻声说:“要是被潇姐知道了怎么办,不得挨骂啊?”林程义十分仗义地说:“你们去吧,我和若谨给你们打掩护。”

“多谢了!”吴晖双手抱拳,拉着周子晨和苏擎,绕过王校长走过的后门跑下楼梯。

三个人肩并肩漫步在楼下操场的小道上,与这学校靓丽的风景,也融合出一道夺人眼目的美丽景色,操场上空旷无人,学生和老师都在礼堂里看演出。

“子晨,苏擎,你们说这学校怎么样啊?王叔叔退出音乐界,就是为了回家乡担任这样一所学校的校长,是不是有点大材小用?”吴晖说着,还东张西望。

周子晨摇摇头:“我不这么认为,毕竟王叔叔年龄也大了,退出,也是一件正常的事情,王叔叔也想再挖掘一些音乐方面的人才。就像我们,如果不是王叔叔把我们发掘的话,我们可能还只是在学校里读书,哪还有什么我们在这样的年龄,就可以做自己喜欢做的事情的权利呢?”

“哇!满屏的哲理。”吴晖叹了口气,“那苏擎呢?”

“我怎么看,是吗?”苏擎反问道,吴晖点了点头。苏擎说道:“这学校里音乐人才其实挺多的吧。真的,其实那些人唱得也不比我们差,只不过我们从小就接受专业训练,多少也胜人一筹。王叔叔自己是人才,他还会发现人才,这样挺好的。不然,就像子晨说的一样,我们就只会像普通学生一样,只有学习,尽管现在我们有着工作和学业的双重压力,但这至少是快乐的。”

“你们两个人今天怎么串通一气儿,是说好了的吗?一唱一和的,真是的,只有我是一派‘孤舟蓑笠翁,独钓寒江雪’的孤立姿态。孤独啊,孤独。”吴晖一派忧郁诗人的风范。

“这首诗不应该这样用吧,就你还孤独!”苏擎摇了摇头,“表示我们所有人中就数你最不孤独了。”

吴晖急了,“嘿,我怎么就不能孤独了,你们说说看。”他站在两人面前,不再往前走。

“等一下。”苏擎突然不再说笑,安静下来,小声道,“是不是有什么声音?”周子晨也竖耳倾听。

“有人在唱歌?”周子晨看了一眼苏擎,猜测道,苏擎也点点头,“嗯,我也这么觉得。”语毕,便朝声源处一步步靠近。

吴晖见没有人理他,心里也十分不开心,便生气地追问:“周子晨,苏擎,你们两个人怎么这样,把话给我讲清楚了。”无奈小跑跟上两个人。

他见两个人停下脚步站在前面,心中一想,看你们俩心里过意不去不动了吧?吴晖上前得意地滔滔不绝:“你们两个人是知错了吧?叫你们丢下我,现在等我也没有用,我可不会轻易原谅你们的,你们可要把话说清楚了……”

周子晨听烦了,二话不说便捂住吴晖的嘴,轻声说:“安静点!”又继续朝原来的方向看去。

吴晖推开周子晨的手,觉得奇怪,乖乖安静下来,朝着周子晨和苏擎两人的视线方向看去。只见一个女生正在翩翩起舞,白色的校服优雅地绽放一朵白莲花，旁边一个女生正在唱歌，尤为专注与投入：

秋叶无痛绽放这朵花/恬静美好枫叶飘落下
希冀在心里/伸手碰撞/温暖明亮湿眼眶
地上落叶枯黄/虽有凄凉/但化土为壤
目视着道路/无畏着前方/长风会有时
长风会有时/长风会有时……

跳舞的女生停下动作，衣服就随着轻轻落下，最后两个人齐声合唱：长风会有时！

"不错。"苏擎回味地点点头，"子晨，你觉得呢？她们这首歌很有韵律，很上口，而且曲风简洁、干净，歌词也很美。在婉约柔美的背后，还有一种充满阳刚之气的坚定。"

周子晨难得展开一笑："是不错的，舞蹈也很好，与歌词相互映衬，节奏相合。这确实是两个难得的可塑之才，这个帝高，也带给我们不少惊喜的嘛！"

吴晖也插道："不错是不错，但这首歌是不是不正规？一首完整曲子的样子都没有，不知道是从哪里找过来的。"

苏擎用眼神示意了一下那个方向，说："去问问不就知道了。"说完，与周子晨一起走过去，吴晖表示很无奈地说："不好吧，会不会太突兀了？"看着两个人渐行渐远的背影，欲哭无泪："两位大哥，就算不听取我的建议，那也起码等等我吧，我怎么就这么可怜，摊上这两个家伙。"他极为无语地摇着头，小跑追上。

周树菲和林舒雅互相对视了一下，感觉着一切就如同梦一般。

林舒雅眼快，低声对周树菲说："树菲，做好心理准备，我们背后有三个大帅哥正向我们走过来。"她咽咽口水，心中有些忐忑。

"帅哥？"周树菲疑惑地问："谁啊？"

"你自己看看吧。"林舒雅使了使眼神。

周树菲半信半疑地转过头，看见苏擎、周子晨、吴晖三人正步步逼近，步伐整齐，昂首挺胸，脸上略带邪恶的笑意，周树菲看呆了，连忙回过神对林舒雅说："SHOOTING STARS？他们怎么来了？要不咱们跑吧？"周树菲心中万分紧张，想着：完了完了，刚才那样幼稚的表演一定被看见了，真是丢人，他们怎么会在这里，正常情况下他们不是应该在礼堂里看演出吗？

"跑什么啊！"林舒雅拉过周树菲，背对着他们，低声地说着："跑，干吗跑，他们来了正好啊，可以交流一下音乐不是吗？他们可是受过专业音乐训练的团队耶，肯定比我们懂得多。"

周树菲尴尬地说："这不，也是怕我们刚才的表演被他们看见了嘛？就像你说的，他们是受过专业音乐训练的，我们这些小曲子，小舞蹈给他们这样的大牌明星看见了，也怪不好意思的。我们这样一比，就是小巫见大巫——没得比！"

林舒雅皱了皱眉头，回想起他们在舞台上闪闪发光的样子，而她们就在淡淡无奇的画面里清唱，也觉得自愧不如："什么大巫小巫的，那你说怎么办吧。反正不能走，周子晨也在里面呢！"一语道出了自己的心声，她连忙捂住嘴。

周树菲无奈地鄙视着林舒雅，林舒雅也不好意思地笑笑。

看着正在嘀咕的两个人，苏擎等人不禁皱起眉头，走上前去，打招呼："你们好啊！"

周树菲和林舒雅听到声音，尴尬地转过身，勉强笑着回答道："你们好，你们怎么在这里，里面的表演结束了吗？如果这样的话，我们也应该回去了。"周树菲干笑了几声，并且狠狠地瞪了林舒雅一眼，怪她没有早点溜走，林舒雅无辜地笑着。

吴晖看着别扭的两个人，不禁觉得搞笑，说道："不不不，里面还在表演，听说你们学校风景不错，就偷跑出来逛逛。"

"逛逛，逛逛，那你们玩，我们现在先回去了。"周树菲拉起林舒雅的手就想走，她恨不得快点逃离这个"是非之地"。

"等一下。"周子晨伸出手，拦住了她们。看着周子晨修长白净的手指，林舒雅心跳飞快，忍住气，差一点就要羞得满脸通红了，"我们还有些事想问你们，请你们先不要走。"

无奈，万分无奈。两个人停住脚步，立定站好，面对着对面的三个人。

周树菲紧张地吐了口气，问："你们有什么事情吗？"

"不用紧张，我们没有恶意的。"苏擎看着周树菲一副心如死灰的表情，微微一笑，尽显绅士风度，"我想问你们，你们刚才唱的那首歌，是哪里来的？"

"刚才？"周树菲咽了口口水，更加紧张起来，万一刚才的表演被否定了，那该有多难过，谨慎地反问："你们，都听到了？"

苏擎看周树菲一脸防备，连忙解释："我们只不过是正好路过，听到有人唱歌就停下来听了一下。你们表演得很棒，为什么不去舞台上表演？这首曲子很好听的，但是我们以前都没有听到过，所以想问一下这首歌出自哪里，哪位歌手唱过。”

林舒雅这时在一旁马上接道:“这是我们自己写的。”这话一出,周树菲拉住了林舒雅的衣服,皱起了眉头,示意她说漏嘴了。林舒雅马上意识到自己的话太突然了,只好尴尬地捂住嘴,不好意思地朝苏擎等人笑笑,心里祈祷,这件事就这样过去了。

吴晖惊讶地瞪大了那双本来就很大的眼睛:“自己作曲的?”又可惜地叹了口气,“难怪听着不太正规。”

周树菲敏感地一颤身体,眼神里流露出失落和诧异,同时也苦笑着面对他们,拉紧林舒雅的手,想要快一点离开这里,更准确地说,是逃走。

“吴晖!”周子晨听到吴晖口中说出这样伤人的话来,连忙喝声制止,又向周林两人道歉:“不好意思啊,吴晖这个人就是这样的口无遮拦,跟个小孩子一样,你们不要介意。其实你们写的曲子很好听,节奏感很强,舞蹈也很好看,可能是因为专业问题,还有那么一点小瑕疵,不过总体来说已经很好了,唱功也很扎实,舞蹈底子也很深。”

吴晖也很抱歉地点了一下头,说:“不好意思,其实你们真的很棒。”

周树菲听了周子晨一席话,顿时自信了不少,微笑着说:“谢谢,我们不过就是作着玩玩,对于这方面不是很懂。”

林舒雅全程极其紧张地听着周子晨说每一个字,清晰、明朗,林舒雅大气都不敢出一下,一直关注着周子晨。

“玩玩吗?”苏擎反问,“可是已经很厉害了,乐曲很棒,可以给我一份乐谱吗?我们想看看,拜托了。”苏擎眨了一下眼,似乎想动用自己的颜值来博得周树菲的同意。

周树菲被苏擎的真诚打动了，笑着说："可以。"又问："我该怎么发给你呢？我们现在又没有带原稿。"

"Email？可以。有笔吗？我写一下。"苏擎转头看向吴周二人，两个人都摇摇头，他又看向周林二人。

周树菲从口袋里掏出小便利贴和一支笔，轻声说："我有。"递给苏擎，苏擎惊愕地接过纸笔，写下一串数字，还给周树菲，周树菲接过看了一眼，放回口袋，说："回头发给你。"

"谢了。"苏擎微微一笑，问："你为什么会随身带纸笔呢？这样不会很奇怪吗？"

"习惯了，我比较健忘。"周树菲简洁地解释道。

苏擎点了点头，拖长音，说了一个"哦——"字。场面便陷入了一场安静与尴尬并存的局面，五个人面面相觑，干巴巴地笑着。

吴晖看着其他人都不说话，看了一下手表，呵呵一笑，说："离演出结束好像还有半个多小时，要不你们带我们参观一下学校？"片刻的安静得到了舒缓。

"是啊，是啊。"苏擎见有了话题也连声应道，"你们比较熟悉学校，听说你们学校景色很好，操场很大，作为主人，是不是可以带我们参观一下？"说着，再一次展现出迷人的微笑。

周树菲思索了一会儿，吞吞吐吐地推脱道："不好意思啊，我们是偷偷从礼堂里面溜出来的，所以是该回去的时候了，不然班主任找不到，我们可是要挨骂的。不好意思啊，我们该走了。"周树菲抱歉地吐了吐舌头。在他们面前，周树菲自然了不少。

"这样啊。"苏擎点了点头，"那就不打扰你们了，我们以前也有被班主任骂的时候。你们先回去吧，我们三个再逛逛。”

“那好，我们先走了，再见！”周树菲拉着林舒雅的手，转身慢跑离开。

苏擎再次提醒：“那个，同学，不要忘记发 Email！”“好。”周树菲回头说。

“再见！”苏擎、周子晨、吴晖看着两个人远去的背影，齐声说道。

周子晨和苏擎两个人一直目送周树菲、林舒雅两个人拐出花园，消失在视线里。苏擎看着那个拐角，心里想着：音乐果真是一个吸引人的东西，虽然她们不能在舞台上演出，但是在背后，她们仍旧为了理想而不断拼搏。而我们是幸运的，因为有伯乐的赏识，能够早早站在舞台上，就开始自己歌手的梦想。也不知道，我创作出来的东西，是不是也能如同她们的那样吸引人的耳朵？

吴晖看着两个人朝一个地方齐看而去，半晌，开口：“你们两个人呢，真的很反常，居然搭讪两个小姑娘，还把自己的 Email 给人家。被潇姐知道了，可不知道会把你们怎么样呢！”

“别告诉潇姐。”周子晨板下脸回头看着吴晖，“知道的人多了不好。”

苏擎打量了一下吴晖，笑着说：“你不会看上那两个丫头了吧，说实话，长得还算清秀的，不过看不看得上你就不一定了，她们刚刚可一直在看子晨呢。”又朝周子晨挑挑眉。

“我怎么可能看上她们，不要乱说话！倒是你们，说不定对哪一个有意思。”吴晖马上就反驳，“不过像我这么风流倜傥的大帅哥，姑娘们怎么会看不上我呢？”

周子晨扬嘴一笑，边走边说：“可惜，她们刚才没有看你。”苏擎也笑呵呵地追上周子晨。

吴晖撅起嘴一笑，不满地说：“大哥，能不能别老扔下我一个人啊，本少爷可也是本团的舞蹈担当啊。”看着两个人打算再次把他抛下的意思，绝望地追喊：“大哥们，能不能不要这样嘛，今天你们两个人是存心气我的吧，早知道这样，我就不叫你们出来了！”

吴晖十分无奈地追上周子晨和苏擎，认输地摇了摇头，一同绕着后花园散步。

周树菲拉着林舒雅的手跑出了花园，跑过几栋楼，两个人气喘吁吁地停下脚步，回头看看，已经跑过了大半个学校。

“舒雅，刚刚你怎么一直不说话啊？是不是被那周子晨帅哥迷得晕头转向了？”周树菲不怀好意地凑到林舒雅身边，低声说道。

“嗯——”被周树菲这么一说，林舒雅脸红了起来，低下头，眼睛不敢正视周树菲，轻声说：“周树菲，你知不知道，你这个人很讨厌诶，真是的。”

周树菲似乎明白了这些话背后的意思，起哄似得叫了起来：“害羞了，害羞了！”

林舒雅瞪了周树菲一眼，周树菲识趣地捂上了嘴巴，又偷偷打开一道缝儿，问：“你真的喜欢上 SHOOTING STARS 里面的那个周子晨了？”

“还说！”林舒雅抡起拳头，做出一副要打人的模样，周树菲连忙比画了个“闭嘴”的叉叉手势，放在嘴前面，下意识闭上眼睛，做好了被林舒雅揍的准备，见许久都没有动静，小心睁开眼睛，林舒雅看戏似的盯着她看，还不由自主地笑起来。

周树菲有些生气地抿了一下嘴，没好气地说：“林舒雅，你有些过分耶，竟然耍我，很好玩吗？”林舒雅赔罪地笑着：“菲，你不要生气嘛，你看，我们的作品都得到SHOOTING STARS的赏识了,有没有超级激动的?”说着,她绕到周树菲背后,帮她捏捏肩膀。

想到自己的梦想一步步向她走来,周树菲的气一下子全消了,转身激动地说:“超棒的,我真的没有想到,我们的小曲子居然会被SHOOTING STARS看上了,还说很好听,向我们要乐谱。我当时真的超级超级兴奋的。雅儿,说真的,要不是你拉我来花园表演,我们一定不会遇上他们,更别说被他们夸了,你真是一个大功臣啊!”

林舒雅刚想接话,又被周树菲的滔滔不绝给堵了回去:“雅儿,我今天放学回家请你吃抹茶蛋糕,正好上次说好的哈根达斯还没有请。我们下午一起去我家楼下那家‘Na Na’里,正好又有哈根达斯,又有抹茶蛋糕,价格也划算。天哪!我真的不敢相信我的舞蹈也被他们认可了,不过我学舞蹈也没有两年,周子晨夸得有点过了。不过还是太开心了,舒雅,一定要记住这一天。”周树菲一会儿仰看天空,一会又对着林舒雅忘我地比画着,喃喃道:“今天是……”

看着周树菲开心的样子,林舒雅也把想要说的话咽了下去,对着周树菲笑笑,其实林舒雅心里也很开心,音乐也同样是她的理想,不过她可能是真的喜欢上周子晨了。想到这里,林舒雅害羞了,抬起手表掩盖自己的羞涩。天!只有十分钟音乐会就要结束了。

“啊!不好了,只有十分钟就要演好了,周树菲,我们要快点回去了。”林舒雅大叫起来。

“什么?!”周树菲听了,也从“过度激动”中回过神来,拉着林舒雅的手,拔腿就往四号楼跑去,要是被“王二娘”发现了就惨了。

林舒雅被周树菲拖着跑，有点跟不上周树菲的速度了，艰难地说："树菲，你慢点，我实在跟不上了。"

"不行啊，这里跑到四号楼也要三分钟呢，再上个楼什么的，总之越快越好。"

看着着急的周树菲，林舒雅选择再次不语，加快脚步与周树菲一同飞奔向四号楼，两人好像两只惊慌而逃的小鹿，后面有猛兽在追击她们一般。

其实，那句被林舒雅咽下去的话，是"那个苏擎是不是对你有意思啊？"

晚上。

周树菲打开电脑，按照纸条上写下的苏擎的 Email，将先前拍好的《乐》的照片传送到电脑，点击"发送"，确认。发送成功！

坐在椅子上转了一圈，树菲好奇地猜测苏擎看到之后的表现，耐心地看着电脑屏幕，等待苏擎的回复。

一个小时过去了，周树菲有了困意，她想：人家明星不都是很忙的吗，说不定不会经常上网，明天也许就能看到了。她出门倒了杯水。

周朝阳正在看电视，看到周树菲出来了，说："树菲，你早点睡，不要总是捧着电脑，多复习复习英语。"

"知道了。"周树菲急忙关上房门，坐到电脑前，喝了口水，看见有人发邮件来了，连忙把水杯放下，点击查阅：

谢谢，我收到了，写得很不错。《乐》这个题目很特别。继续加油，相信你的音乐之路会走得越来越顺利。祝福你，同样爱音乐的

人。(PS:我们要回去了,你们学校景色宜人、环境优美,是个学习圣地。【表情:微笑】)

苏擎亲笔

一遍又一遍扫过这一段文字,周树菲笑了。会的,会实现的,哪怕现在看来那么荒唐。

初遇

一天，这片树林上空路过了一只刚会飞的小鸟，这只小鸟好奇地在树林里东张西望，看见了闷闷不乐的小树。它便轻轻盘旋着飞下来，停在小树的枝丫上，小树听到动静，抬头一看，一只小鸟儿微笑着停在它的身上，小鸟回给它一个最真挚的笑脸，友好地说："亲爱的小树，你好呀。"

听见有人跟它打招呼，小树开心地笑了，大声说："你好，美丽的小鸟。"

"你刚才为什么不开心呀?"小鸟问道，"是因为没有人跟你说话吗?"

"不，不是的，因为我有一个愿望，我想飞上天空，去看一看这个世界，但是其他树说我是异想天开，都说这不可能实现，还嘲笑我，所以我一点儿也不开心。"小树回答道。

"飞!"小鸟兴奋地叫起来，"我可以飞哦!"说着在天空中盘旋了几圈。

小树看着在天空中飞翔自若的小鸟，心中又是羡慕，又是失落。它叹了口气，失落地说："但是我不会飞啊。"

小鸟对小树说："亲爱的小树，你不要伤心，我可以每天叼一片你的叶子，飞到每个地方去，这样不就等于你在飞了吗?"

"真的可以吗?"小树兴奋地说。

小鸟回答道："当然可以，我的朋友。"

从此，小鸟每天都叼一片小树的叶子飞，小树开心极了，因为它的一部分能看见这个世界，也能体验飞的感觉了。这种在云端掠过的滋味，真的很美好。

但是冬天很快就来了，小树的叶子全部掉光了，枝丫上光秃秃的，小鸟也飞走了。它又不能飞了。失望的小树天天望着天空，叹着气，难道我真的永远不能像一只真的小鸟一样，在天空上飞翔吗？想着，小树伤心地哭了……

心中的那一缕希冀就这样被埋在了土壤里。

第一章

一个学期很快就结束了,到了众人期盼已久的寒假,今年的冬天特别寒冷,人们都披上了厚厚的羽绒服、大衣,戴上了帽子、手套与围巾。大多数花儿都凋谢了,枯枝落叶遍地,有些常绿的树仍旧茂盛着,然而突如其来的降温,也让它们一夜间枯黄了满树的绿叶。

天冷,一到假期便不想出门。周树菲整天窝在家里玩电脑、写作业,连下楼买个早点也懒得动,总是熬到中午,周朝阳打电话催周树菲吃午饭,周树菲才打个电话叫个外卖,偶尔也自己做一两道拿手的菜,煮饭吃。晚上周朝阳回家烧饭,所以不用周树菲操心伙食问题。

“树菲,多出门走走,不要老是玩电脑。多运动运动,学校不是在抓体育吗?你体育也不是特别好,赶紧练习练习。”周末了,周朝阳在家里,公司放假,但她并不想看到周树菲这样懒散的行为。

周树菲依旧目不转睛地盯着电脑,手里移动着鼠标,敷衍地应道:“哦,知道了,知道了,你就好好做你的工作吧,你要交的那份策划案是不是还没有写好啊?”突然,看到一段文字,周树菲连忙拿来纸和本子记录下来,并满意地在那段话前面打了一个星号,表示“很好”。

看着周树菲的动作,周朝阳笑着说:“你这孩子,竟然管起你妈妈来了。好,那你也快点完成学校作业,顺便把舅舅给你的那份练习做了,我就在房间里写策划案,你别老玩电脑知不知道,对眼睛不好。”周朝阳倚靠在周树菲房间的门框上。

“知道了,知道了,你快去写吧,我等一下就写作业。”周树菲被周朝阳念叨得烦了,连忙下“逐客令”。

周朝阳面对周树菲的敷衍了事有点生气,她站直身子,走到周树菲身边,把笔记本电脑一股脑关上。周树菲转过身子,沉着脸说:“妈,你干吗啊,我那东西还没有看完呢!”她泄气地靠在椅子上,撅着嘴,生气地盯着周朝阳。

周朝阳也不甘示弱,大声说:“你电脑都玩一天了,赶紧给我写作业,等会儿吃完饭跟我下楼走走,老是这么待在家里,迟早有一天会闷坏的。听到了没有?电脑我就先没收了。”二话不说,便把电脑电源拔下,把电脑放在了身后。

“啊——”周树菲抗议了,“妈,你这不是无理取闹吗?为什么收我电脑啊?我又没有干什么坏事。”

周朝阳一副得理不饶人的样子,严肃地说:“接下来几天,电脑暂时先由我——你英明神武的妈妈帮忙保管。你也就不要天天想着电脑了,赶紧给我乖乖学习。别以为自己上个学期期末考考得很好了。离年级段第一还差七八分呢。人要学会进步,现在初中了,要跟全年段的成绩比,在班里占个头头算什么呀,全市几万学生呢,你的成绩还不算什么。现在是关键时期了还给我心散,别以为妈妈我脾气好,就会松懈你的学业。”

周树菲此时只是乖乖地将双手交叉在胸前,不耐烦地听着。其实她早就已经厌倦了,早就不知道在心里反驳了多少次,还不时将周朝阳的话屏蔽掉。

说到最后,周朝阳不厌其烦地再次提醒:“知道了吗?听进去了没有?”

“是,明白,遵命,我写作业。”周树菲把桌旁的作业本翻开来,用手撑着脑袋,不情不愿地做起作业来。

“嗯。这还差不多。”看着终于听话写作业的女儿,周朝阳也不禁为自己的聪明机智感到开心。

低头看了一眼收过来的战利品,默默地想:“看来,我也很适合当一个严厉的母亲这样的角色。”想着不禁偷笑了一下,但意识到在周树菲的房间里,这样有失长辈的风范,又收敛了笑容,故作严肃地说:“好,那你做啊,妈妈先回去写策划案了,我们一起努力吧!”

周朝阳慢慢从周树菲房间里走出来,这下她敢光明正大地露出夸张的笑脸了,又偷偷往周树菲房间里瞟了一眼,周树菲还在安静地写着作业。看着她认真的背影,周朝阳放心地回到了自己的卧室里,放下周树菲的电脑,拿出几份文件,仔细地阅读了起来。

周树菲写了一小会儿作业,发现一道题目的解答过程极其复杂烦琐,她便不想继续往下写了,合上厚厚的作业本。作业只做了三分之一不到,周树菲深深舒畅了口气,想想又翻开写美文美句的本子,看到纸上赫然一段文字:每个人至少拥有一个梦想,有一个理由去坚强,心若没有栖息的地方,到哪里都是流浪。

不知道为什么,一下子便喜欢上了这句话,这是三毛说的,她虽然不熟悉三毛,但听以前的语文老师说,她的文风跟三毛的笔调有点相似,所以也对三毛产生了一种莫名的好感。“栖息”“流浪”,她现在何尝不是在流浪,无奈叹了口气,合上本子。

周树菲突发奇想,将囤积旧书的箱子从床底拉出来,打开。箱子上面早就积满了一层灰，一移动，灰尘便飞扬得到处都是，周树菲用手在鼻前扇了扇，连忙打开窗户，一阵寒意便凉凉地往周树菲脸上冲，周树菲缩了缩脖子，脸上一下子便被风吹得通红了，呼出一口白茫茫的热气。

蹲下，去掉一层又一层破旧的书。有报刊，早就不知道是几年前的了；也有旧的教科书，满满的笔记，还有幼稚的自己涂涂改改的"杰作"。周树菲随手翻了几下，不禁笑出了声："以前的我真逗。"周树菲感慨地摇着头，表示对以前的自己的行为无奈。

还有旧的、没有用过的练习簿，翻开，是几本以前学钢琴时买的五线谱本。学了大约一年半的钢琴，后来爸爸妈妈离婚了，就把钢琴卖了，所以她干脆就不学钢琴了，只留下这么几本五线谱本。

她满意地扬起了笑容，把其他书都一一搬回去，推回床底下，留下五线谱本放在桌子上，风吹进来，页角一扬又一落，风再吹过，页角再扬起再落下。

她手压在本子上，让它不再飘起来，平静地感受本子的温度。然后，她翻开本子，拿出一只削尖的铅笔，在第一行上画上高音谱号，停下。心中十分紧张，自从上次与林舒雅一起创作了第一首曲子后，她便再也没有写过一个音符，如今又有一种"重操旧业"的感觉，也有微妙的愉悦与幸福。

一边哼着调子，一边写下满意的音符，但总是感觉哪里不太对劲，她只写了一行不到，就停了下来。第一行零零碎碎的音符，涂涂改改的印子让周树菲泄了气。看来没有钢琴，她就没有办法试音，也找不到歌曲的感觉，她在心里这么想。

没办法，又继续做练习了。

午饭后,周树菲被周朝阳生拉硬拽,好说歹说,终是拗不过被拉下了楼,陪她一起做饭后消食运动。

周树菲穿上厚重的白色羽绒服,围上那条米色的条纹围巾,同周朝阳一起到楼下小区的小公园里散步。周朝阳穿得也算朴素,白色短大衣,牛仔裤,系上围脖,但也不失高雅,一双长筒高跟靴,一下子便将整个人拉得高挑,与周树菲一站,比周树菲高了半个多脑袋。

母女俩肩并肩沿着小河走,彼此都不说话,冷风吹得脸上都僵了,冰凉凉的,寒丝丝的,手紧紧揣在口袋里,努力伸到口袋深处,希望更暖一些。呼出一口白色热气,寒凉一下子钻进嘴巴,却也舒服。围巾往上拉些,把口鼻遮住,只剩下一双眼睛露在外面。脸颊被包裹着,渐渐地也温暖了起来,街上人很少,小区里有几个不怕冷的男生在卖力地打着篮球,除此之外也没有什么人了。

绕着河畔走完小区的整条线路,周朝阳开口说道:"树菲啊,咱们小区有一个'新年联欢会',你有兴趣吗?"想都不想,周树菲从隔着围巾的嘴里吐出三个字:"没兴趣。"

"这样啊。"周朝阳若有所思,"可是我已经答应主任了,让你来写我们这次新年联欢会的主持稿,主任听说你的文笔不错,又多次在报刊上发表文章,就问我能不能请你来写。"她小心翼翼地讲着缘由,也担心周树菲对自己的自作主张而不悦。

没想到周树菲没有马上反驳,在心里思索了好一阵,展开一个神秘的微笑,不过被遮住了,周朝阳没有看到。她故作生气地说:"你怎么总是这样,我都没有答应就帮我回应了,你又不是我。"

周朝阳连忙解释:"你先不要生气,听我说嘛。你外婆外公今年会从乡下来跟咱们一起过新年,我也想着,这一年半年不见的,他们也怪想你的,我总是在电话里说你成绩很好的,他们也想见识见识。”“呵呵”一笑,继续说:“你也知道,外婆外公是乡下人,小学都没有上完,大字识得几个?干巴巴地读作文,看作文,他们也听不懂看不懂啊,你说是吧?”

她回头看了看周树菲,正专注地听着,就放心地往下继续讲:“那,在台上读你的文章就不一样了,那么多人看着呐,他们也知道是什么场合,什么意思。到时候跟他们一说,呵,这是他们孙女周树菲写的,那么多人都在听,打心眼儿里也高兴,你说是不是?”停顿了一下,欲言又止。

“完了?”周树菲正听得入神,一下子就没有了后续,疑惑地问。

周朝阳尴尬地擦了擦双手,笑了笑,说:“还有,我们小区的王主任找我说,想让我给他推荐个人写主持稿。你也知道,那个写了八年主持稿的王主任的儿子,王意晨,不是去北京读书了吗?王主任其实也只是初中毕业,没什么大文化,就让我找人,那我肯定找你了。一来,你是文笔真好,二来,我也想让我的女儿借此机会好好表现表现,万一哪天就被哪个出版社看上要帮你出书呢,你就成大作家了,我多有面子啊。”

周树菲点了点头,说:“说到底,你就嫌找人麻烦,所以找我喽。”说着,朝周朝阳耸耸肩,露出一脸抱歉的表情,似乎这件事情无法听从一样。“树菲宝贝。”周朝阳弯下一点身子,与周树菲大致齐平,乞求地说:“你总不能让妈妈失信于其他人吧,我可是跟王主任说好的,等会儿要去跟他见一面。”

“嘶——”周树菲不禁倒吸一口凉气,隔着层围巾都能感受到口中的凉意,说:“妈,你到底有没有问过我的意见啊,这么草率?”

周朝阳抿开一抹笑,自热地说:“我这不是在问你吗?”

又是一口凉气，周树菲试探似的问道："你想让我答应？"周朝阳也像个小孩子一样，拼命点头，讨好地笑着。周树菲看周朝阳一脸期待和讨好，突然明白了什么，默默地想：原来基因那么强大，我这死皮赖脸的功夫全从这里来了，我呀我，唉。

"条件？"周树菲笑着吐出两个字，简洁直白。

周朝阳脸色变了，站直了身体，将眉头轻微皱起，深沉地思索了一会儿。周树菲便默默地等着周朝阳的回答，东张西望，走到河的护栏边沿，探头看了一眼，水一点反应也都没有，就好像它们也被冻僵了一般。这里的河水并不澄澈，周树菲惋惜地摇了摇头，转身回到仍然在思考的周朝阳旁边。

周朝阳吞吞吐吐挤出一句话："奖励你，嗯？一本课外书，可以是小说，价位也可以，可以任意。并且，假期里同意你每天吃一包零食，种类不限，油炸除外。"

"嗯？"周树菲不满意地摇摇头，回应，"不要，课外书太多，以后去书店看就行了，种类也多，看得也尽兴，还不用钱。不能吃零食，零食不健康，怕吃多了长不高。"

周朝阳舒缓了脸色，轻松地说："这不，我给你的奖励你都不要，以后不要抱怨我没有给你东西，这可是你自己拒绝掉的。"

"不过——"周树菲话锋一转，"阴险"地挑了挑眉头，拉下遮住嘴巴的围巾，一字一顿地对周朝阳说："我，要，求，收，回，电，脑。"理直气壮，气势充足地看着周朝阳。

"这个么……"周朝阳犹豫了。

"不然我就不答应，现在就回家。"周树菲也不给周朝阳回话的时间，往回走去。周朝阳连忙拉住周树菲:“哎,不要走嘛,我答应你,不过你也要答应我每天写三个小时的作业,不然不可以玩电脑。”出乎意料的一本正经,眼神里充满了妥协与不放心。

等周树菲微笑着点下头,周朝阳松了口气,毕竟失信于人是不好的,还在同一个小区里,抬头不见低头见的,多不好意思啊,最近又忙着写策划案,没有这么多闲工夫处理找人这件事情,现在总算好了,问题解决了也能安心地投入到公司的策划方案中去。想着,周朝阳也轻松地吐了一口气。

“走吧。”周朝阳用眼神示意了一下主任办公室的方向。

周树菲会意,抿嘴看向周朝阳,一脸无语地摇摇头。周朝阳看着周树菲一副“大人”的样子,好像她才是长辈一般,宠爱地说:“你这孩子,小鬼。”

周树菲一下子笑出了声,打趣地接道:“你这老妈,大鬼。”周朝阳瞟了一眼周树菲,两人径直朝前面走去,脸上都挂着笑意。

小区的大门口有一栋小矮楼,白色的低矮屋子,上面还连着一个巨大的弯曲的遮阳屋檐。楼只有两层,楼下有两间房,一间是门口的保安室,另一间是老人活动中心,占地不算大,墙面材质相对更好一些。再到楼上,便是小区的办公室了。

周树菲跟着周朝阳从老人活动中心穿过,从一旁的小楼梯上去。小区老人挺多的,活动中心里以大伯伯、老爷爷为主,他们平时打打扑克、搓搓麻将什么的。老太太们夏天在各自的房间里凉快,到了冬天,就在门口晒晒太阳,彼此唠叨唠叨家常,大半天时间就这样在房门口的旧竹椅上过去了。

楼下有些吵,到了楼上,因为隔音效果比较好,没有什么杂音。放眼一排走廊，短短的，左右也有四五间办公室，周树菲看了一下门边的牌子：业务处、安保处……分工详细。周树菲诧异地点着头，在心里暗自忖度，住了这么久了，第一次知道我们小区竟然还有这样高大上的地方，这可真是长见识了，说着，不禁唏嘘了一下。

“风吹雨成花……”一首旋律轻盈，节奏舒缓的《时间煮雨》响起，一下子打破了楼上的安静，周朝阳连忙掏出手机按下接通键，这首歌深得周朝阳的心，时光易逝，岁月易老，词美，音也美，所以她便用这首歌来当手机铃声。

周朝阳朝周树菲打一个“安静”的手势，周树菲会意，乖乖地点着头。周朝阳放低声音，对电话那头尊敬地说：“喂，老板……是，我在……行，先等一下，我处理点事……好的，马上，很快的。”周朝阳用另一只手掩住耳边的手机，对周树菲说：“树菲，妈妈有点事，你自己先去吧。走到尽头右拐那个就是王主任的办公室，你们先交流一下，妈妈马上就回来。”

“哦。”周树菲也很懂事地应道。周朝阳放下手，将手机重新贴到耳朵边上，一边说着，一边加快步伐朝楼下走去：“好，行，策划案的话……”不一会，不见了人影，更不见了声音。

走廊，很短，但也很长，周朝阳渐渐远离了这栋楼，往家的方向跑去，慢慢地，就连背影也模糊在了最后的视野里，消失不见。

一会儿，周树菲朝走廊尽头走去，很快，不过十来步，就站在了一扇红棕色的大门前，门牌上写着“主任办公室”五个字，尤其显眼。周树菲伸出手，想要敲门，又停在半空中，半晌，敲下了这扇红棕色的门，奏出清脆的“咚咚”声，传响在寂静的走廊里。

“请进。”

周树菲小心翼翼地推开门，把头探入。侧面是一张大办公桌，桌子上摆放了一些小装饰品，还有一缸金鱼。与桌子相对的，是两张沙发，小小的，白色垫子乍一看很赏心悦目，透明的玻璃茶几，中间有一条树桩的纹路，有一种天然之美。茶几上面摆着一套带有花纹的瓷茶具，也可谓“青出于蓝而胜于蓝，花形如花神更似花”，是一种青花样式。

一扫望，似乎无人。

她小心挤进门，把门轻轻关上。在墙边有一张小桌子，很巧致，桌旁坐了一位男生，正低头全神贯注用笔写些什么，怀中抱着一把黄木吉他，笔“沙沙”的划纸声，显得如此清脆响亮。

周树菲放慢、放轻脚步，来到小桌子前，男生没有抬头，周树菲屏息了一会儿，轻声地问：“请问王主任在吗？”在这一时间里，似乎所有东西都该是没有声音的，世界寂静，但又安详一片，美好而又恬静，周树菲大气都不敢出，不忍心惊扰这一刻的平静。

男生抬起头，留有一额过眉的刘海，长长的快遮住了眼，眼睛带着同龄人没有的深邃与沉稳，轻轻眯起一点，也煞是好看。他盯着周树菲看了一会儿。

“王主任有点事情不在，你可以先坐在沙发上等一会儿，他马上就回来。”男生启齿，声音柔和动听，周树菲觉得这声音似乎在哪里听过，这样的声音十分适合唱歌，娓娓悦耳，也是男生中独有的。

突然，周树菲脑海里闪过一人的名字，她试探性地问道：“请问，你是王民麒吗？”

男生愣了一下，点点头，疑惑地问：“你，认识我？”

确认了之后，周树菲松了一口气，轻轻展开笑容，有点羞涩地说：“你好，你好。我在上次音乐会上,听到你唱的《初见》,然后,我很喜欢这首曲子。"

周树菲很惊讶,居然会在这里遇见王民麒,他是帝高赫赫有名的大学霸,在全年级段几乎每一次都考前三。周树菲也有几次考试的时候,跟王民麒一个考场,那时候周树菲注意到,他总是坐在位子上低头看书,或者在走廊背对着别人背书,只给人留下一副安静而认真的背影。

王民麒听了,轻扬起嘴角,礼貌地回答:"谢谢,你也是帝高的学生?"

周树菲点点头,继续说:"嗯,是的。"

"哦。"王民麒说,"那你在那里坐会儿吧,王主任应该很快就回来了。"

"嗯,好。"周树菲客气地回应王民麒,全然没有要坐下来的意思。遇见学校里经常听说的风云人物,也很好奇他们平常是怎么学习的。但是看王民麒又低下头认真地写什么东西了,周树菲也不好意思打扰,就安静地在旁边走走,看看办公室的摆设。

办公室里有一扇玻璃窗,平常外面是看不见里面的样子的,但在里面却可以将外面看得一清二楚,是人来、车往,匆匆的人群、车海,是小区门口常见的普通景色。周树菲用嘴在窗户上呼了一口气,一小片水雾将玻璃模糊了,伸出手指在上面胡乱画些什么,又连忙擦掉,万一被人看见了可不好。

回头,王民麒仍旧在专注地写东西,还不时用手拨弄吉他。周树菲好奇,再次走到小桌子旁,王民麒好像没有注意到周树菲的举动,仍埋头认真书写。周树菲小心踮起脚,探头,再探头,想看清楚纸上的端倪。

隐约看见几个黑黑白白的圆穿梭在线条间,有些圈圈后面还拖着个小尾巴,有点像……周树菲心里猛烈一颤,惊讶地在心底自言自语说:"王民麒这是在作曲!真的好厉害啊,难怪上次音乐会的曲子如此让人惊艳。如果,我也能像他这样,就好了,不仅学习好,连兴趣爱好都能够精通,这样多好呀!可惜我只能想想……”

回想,在上一次的音乐会上,王民麒以一首自己原创的曲子《初见》,成功博得了王跃山的欢心,除了特邀嘉宾 SHOOTING STARS 的表演以外,当时话题最热的就是王民麒的独唱了。《初见》,就如同青涩的初恋,甜美委婉,歌词华美,旋律悠扬,倾心阐述了一场美好的情感,在柔和之中却充满着阳刚之气。对于同龄人而言,王民麒可能显得有些太懂事、太成熟了,但是那丝稳重与他天生的忧郁气质是其他人都模仿不来的。

更何况他平常在学校里,在音乐方面也总是锋芒毕露,无论是唱功,还是乐器方面,无一不让王跃山欢喜。

突然,王民麒抬起头来,询问道:“同学,我忘了问了,你叫什么名字?是几班的?”

“啊?”周树菲被突如其来的问题问得有点懵,回过神对上王民麒的双眼,不好意思地低下头,支支吾吾地回答道:“哦。我,我叫周树菲,是九年级十一班的。”

“十一班?周树菲?”王民麒缓缓站起身子,大约一米八的身高。周树菲惊呆了,她站在他身边,显得格外娇小,为了表示尊重,只好略微抬头仰视着王民麒。

“久仰大名,你好,我是一班的王民麒。”王民麒咧开嘴笑着,显得彬彬有礼。

周树菲霎时有一种受宠若惊的感觉,面对王民麒的说辞,慌忙地摆着手说:“啊?不用这样,不用这样。”又小心翼翼地反问:“你听说过我?”

“你的文章经常会当范文在我们班里展出,所以我们大家也都熟悉你的名字了,就是不知道是哪个人。”王民麒解释道,声音刚劲有力,没有了像刚才简单几个字的回话,友好亲切让人容易交流。

“哦,是这样的呀。”周树菲恍然大悟,心里有点惶恐,但是还是有点小自豪。她明白地点点头,看着王民麒桌子上的纸张,低头思索了一阵,纠结了好久,终于,她吞吞吐吐地问道:“你是在作曲吗?”

“怎么了?你也懂这些?”王民麒有点疑惑地看着周树菲,脸上的表情显然是有些不相信。

周树菲的脸霎时就红了,低着头不知道该说些什么,口中的“这”字拖得很长,眼睛不自然地往地上瞟。

见周树菲不说话,王民麒再次问道:“你也是学音乐的,是吗?”

“嗯。”周树菲点点头,眼睛一直盯着桌上的稿纸,困难地提出请求,“呃,我可以看一下你写的曲子吗?”

王民麒犹豫了一下,低头看了一眼曲稿,把纸递给周树菲。周树菲朝他感谢地点了点头,小心接过去,仔细看了起来。音符密密麻麻,端正清晰,高音低音都排布地有条有序,这让周树菲格外佩服。

王民麒看着一边专注看着手上的曲稿,同时露出惊讶表情的周树菲,若有所思地问道:“那个,我有一个小小的请求,不知道你能不能答应。就是,你有兴趣帮我填写歌词吗?说实话我挺喜欢你的文字的。以前你的文章在我们班级里展出的时候,我也很仔细地看过你写的东西,那种描写的笔法很引人入胜。”他停顿了一会儿,继续说道:“其实以前我就有过这样的想法,因为不认识你本人,所以就没有实现。今天既然我们算认识了吧,我就想问问你可不可以。"王民麒说的时候,还带有一些大男孩的羞涩,说的话也有点含糊。

周树菲惊讶地抬起头:"写歌词?"

"是的。"王民麒再次重复道,"我想请你帮我写歌词,你的文字我很喜欢。"说着咧开嘴,期待周树菲的答复。

周树菲内心有一阵兴奋的狂潮渐渐涌上,她微微抿开嘴笑了起来,两个小梨涡明显地陷在脸颊的两旁。看到这样一位与自己志同道合的同龄人,周树菲心里也十分欢喜,接着点点头,说道:"谢谢你的认可,我答应帮你写歌词。"

王民麒也是满心欢喜:"那真是太好了。"朝周树菲点点头。他重新坐下,抱起吉他,拨弄琴弦,将乐谱从头到尾弹奏了一遍,节奏欢快,周树菲听得入神,在心底里默默赞叹。

一曲终,王民麒对周树菲介绍:"这首曲子叫作《合欢树》。这是我们联欢会的时候,我要表演的歌曲,也就是我想让你帮我填写歌词的一首曲子。"

"是小区的'新年联欢会'吗?"周树菲见王民麒像绅士一般,也逐渐自然了很多,接道,"难道你是王主任的儿子? 不对啊,王主任的儿子不是都读大学了吗。你是他的小儿子?"

王民麒匆忙解释:"不,不是的,你误会了。王主任是我大伯,王主任只有一个儿子,现在在北京。我父母去南京出差了,今年不回家过年,所以就让我暂时住在我大伯家里。大伯正好要在小区里举办什么联欢会,就把我叫去写首曲子,助助兴。"顺便用手指了指曲谱,反问道:"那你来找王主任有什么事情吗?"

"哦!"周树菲尴尬地用大拇指抵住嘴唇,"如果不是你说,我差点就忘记了。王主任的儿子不是在北京嘛,以前的主持稿都是他写的。今年他没有写了,所以我就代替他写这份稿子,我今天是来和主任聊聊稿子的事情,好不巧,主任不在,我改天再来吧。”说完,转身欲走。

王民麒叫住周树菲,说:“要不,你先坐会儿吧,也许他马上就要来了,顺便也帮我想想《合欢树》的歌词,不然我要找你写歌词,都不知道该怎么找你。”

想想也有道理,下次她也不一定会出家门了,这次还是被周朝阳硬拉拉出来的,否则,她才不出门。不过,她也十分庆幸今天出门了。不然这位王民麒大神也许就遇不见了。

“那好。”周树菲推开一张椅子,坐在王民麒的旁边,远远看着王民麒作曲,不好意思坐得太近。

看着王民麒写写停停,不用在吉他上试一下旋律也能够顺利地写下一段音符来。周树菲暗暗惊叹,这才是真正的大师作曲啊,看看我,如果不试音,我连一个音符也写不出来,简直太神了,关键是就这样的音乐天才学习成绩还忒好,逆天,绝对逆天。

她也是一脸满足地看着王民麒作曲,幻想着有一天,自己也能像他一样,这么流畅地写出一首首优秀的乐曲来。

周树菲看向窗外,一只似鸥的鸟扶摇盘旋而上,在空中划过一道美丽的弧线。她更加坚定地在心中默默呐喊:可以的,我一定会走下去的,相信自己!想着,周树菲很满足地展开一抹笑容,坚定不移,抬头仰望天空。

不一会儿,办公室的电话响了,王民麒放下笔和吉他去接电话,周树菲趁机看了看新作的那一部分,简直目瞪口呆,满满一页纸,都是那么整整齐齐,居然没有一点儿涂改的痕迹,清清爽爽,让人看着很舒服。

放下电话,王民麒对周树菲说:“周树菲,我大伯刚才来电话,说你妈妈让你回家。”

“啊? 哦。”周树菲诧异了一下,站起身子,朝王民麒笑笑,“那我就先走了,下次再见吧,拜拜。”她还点头表示感谢。

王民麒好像还有些事,问道:“那你帮我写歌词的事情怎么办呀? 你歌词还没有写呢。”又呈现出不尽的无奈。

周树菲也很无奈,纠结地思索了一会儿,分析道:“你明天还会在这里吗,我再来找你。要么你的曲子给我带回去,我写好了歌词拿回这里,你有空来取。”

“你最近没有事情吗?”王民麒也不愿意占据别人的时间。

周树菲一耸肩,盈盈笑着说:“没事啊,我就是待在家里写写作业、玩玩电脑,也不怎么出门。估计接下来几天都是这样的吧。”

王民麒听了,喜上眉梢,不住地点头:“那太好了,就明天下午三点,你来这里找我写歌词。曲子我还要再回去琢磨一下,把不好的地方修改修改,定下最后的稿子。你明天这个时候应该没有事情吧?”

“没有没有,我这个时间有空。”周树菲欣然同意。

“还有,如果你以后没有事情的话,都可以在这个时间段来找我,我还有许多其他曲子还没有填歌词,麻烦你帮我来写了。”王民麒补充道。

“嗯,好。”周树菲一边听着,一边点点头,“那我们就明天下午再见,拜拜。”说着,打开办公室的门。

“再见。”王民麒待周树菲出门,关门,回到座位上,又开始了他的工作。对他而言,这就是他所热爱的,音乐就是他的全部。

周树菲小跑着下楼梯，穿过老人活动中心，疯狂朝家的方向跑去，风凉嗖嗖的，透过围巾灌进她的衣领里，脸一下子被冻得通红。不过她喜欢这种奔跑带来的寒意，一点点渗入皮肤，再透至骨髓。她跑着，跑着，就这样笑了。

真好。她虽然没有自己直接作曲，但也算是了解到了真正的作曲是什么。“谢谢你，王民麒。”她在自己心里说，也禁不住感叹自己的幸运，“一定是走狗屎运了！”周树菲这样调侃自己。

周朝阳处理完公司的事，准备再次去主任办公室。

就在路上，正好遇到王顺利往那栋小楼走去。周朝阳惊喜地叫唤道：“王主任，王主任。”王顺利转过头，吃惊地说：“朝阳大妹子，你怎么在这儿？找我有事吗？”

“这么巧，我正要去你办公室找你呢！”周朝阳小跑到王顺利旁边说，“就是‘新年联欢会’那稿子的事儿，还能有什么事！”

王顺利转溜了一下睁大的眼睛，问：“你家小宝贝同意了？”

“是啊，树菲说那是一定要答应的嘛，毕竟咱们也是小区的一分子不是吗？”周朝阳笑着，笑靥如花，宛若妙龄少女。

“哈哈。”王顺利大笑，“在这小区，朝阳你也算是上心的，咱小区有你们这帮年轻人，也会越来越好的。”

“哪里的话。”周朝阳被夸得不好意思了，“主任你也还年轻不是吗？我们小区一切都是你领导得好，不然，我们哪来这么热闹的响应呢？其他小区，可都羡慕我们这儿年年都有联欢会呢！”她一番客套地回应。

王顺利打量了一下周朝阳，呵呵而道：“咱们都是一个大家的人，也不用这么客气。不过,朝阳大妹子,不是哥说你,你这年龄也不小了,那个杨泽文也离开你们母女俩这么多年了,你也要考虑考虑再找个男朋友的事了。树菲也大了,迟早要离开你的,你也要找个依靠。一个人多累啊,像我家,我可真是积了福了,找了个秀琴这样的好老婆,平常儿子不在家,还有人陪陪我,同我说说话。”王顺利苦口婆心,因为看周朝阳长得漂亮,又积极,心中便也喜欢这个妹妹,想着树菲也快上高中了,到时候一个人注定怪孤独的。

周朝阳的面色有了点阴沉,她点着头说:“是,是,主任说得对,但离树菲上高中还有一段时间,我想专心陪菲儿学习,让她安安心心度过中考,上个好高中,就像你家意晨那样,这么优秀。这男朋友的事,也不是很急,就先谢谢王主任的关心了。”

见自己的意见被婉言拒绝,王顺利也不好多说什么,朝周朝阳展开一个比较自然的笑,道:“好,你自己决定就好了,这毕竟是你们自己家的事,我一个外人也不好干涉。那你家树菲的稿子写好了,下个星期五发给我就行了。”

“那要不要谈谈具体该怎么写?”周朝阳问。

“不用,你家树菲办事,我有什么不放心的?尽管发过来就是了。”王顺利接道。

“哦。”周朝阳感激地点点头,又突然想起一件事,“王主任,我家树菲还在你的办公室里。”

王顺利轻松一挥手,道:“没事,我的侄子在那儿。我打个电话跟他说一声,让他叫树菲回家,你就不用去接了。”

“那谢谢王主任了。”

“多大点事儿啊。”王顺利掏出手机,拨通电话,不一会儿电话那头就通了,王顺利的嗓音很大，响亮地说："民麒啊，我的办公室里有没有一个跟你差不多大的小姑娘在啊？"

"有。"电话那头回答。

"你跟她说一声，说她妈妈让她回家。"王顺利转着圈子打电话。周朝阳有些焦急地看着他。

"好。"说完便挂了电话。

见势，周朝阳问："怎么样？"

王顺利说："民麒说，树菲在那里等着，我跟他说了，你就放心吧，那么我还有事，要走了，你先回去吧。你还是要考虑一下哥刚刚说的话，实在不行，哥帮你找啊。"

周朝阳见话题不对，赶紧推脱："主任，你怎么又说这些了？今天就谢谢主任了，我真有事，先回去了。"

"行，大妹子好走。"王顺利也无奈，转身走了。

周朝阳轻松吐出一口气，她还不想考虑找男朋友的事，她觉得等时机到了，那个"他"自然而然就会出现的，她已经错过了一次，第二次她也不愿再错失，因为她不想再有遗憾。

按照约定，周朝阳把周树菲的电脑还给了她，周树菲接过电脑，急忙打开来，二话不说把房间门关上，还反锁了。

周朝阳就这样被关在了门外，她只好无奈地喊道："树菲，电脑不要玩太久了，作业还是要写的！"

开机，联网，挂 QQ，这是周树菲玩电脑之前的三大步骤。还没等 QQ 列表完全显示完，便传来数声“嘀嘀嘀”的语音提示，原来是林舒雅发来的。看来在她在网上消失的这段时间里，错过了很多好戏，周树菲在心里默默念叨。

点开林舒雅的头像，各种信息一下子跳了出来：“树菲树菲，小菲子，在不在呢？”“完了，树菲不见了”“喂喂喂喂”“啊啊”“菲儿，说好的永不下线呢？你这个见色忘友的人，伤透本娘娘的心了”“你怎么还不回话啊，真傻了”……

看得周树菲脸上直挂黑线，就离线了五个小时三十二分钟而已，有必要这么夸张吗？她敲下几个字回应：“人还活着，有事吗？”许久，没有人回应，她又打出了：“这回是换你傻了吧！”又附上一个“白眼”的表情发给林舒雅。林舒雅仍旧迟迟不回复信息，周树菲想着她应该不在，就把对话窗口关掉了。

邮箱的图案旁边有个“15”的数字，无聊打开。“亲爱的用户……”都是一些垃圾广告，把鼠标继续往下移动，看见了一个既陌生又有点眼熟的号码，私人邮件发送的。“这是谁？”周树菲问自己，这个似曾相识的号码让周树菲好奇地点击，打开：

亲爱的同样爱音乐的人：

你好。

你上次给我发的《乐》激起了我的灵感，不知道你有没有关注我们的最新专辑《Shine》呢？其中的《I hope》就是我自己创作的。为了表示感谢，我把我写的曲谱也发给你，希望对你有所帮助。谢谢你，祝你的音乐之路更加美好，也希望能够早日在乐坛上看到你们的身影，加油，爱音乐的人！

SHOOTING STARS 苏擎 亲笔

天哪！周树菲看到落款，不禁开心地叫出声来，SHOOTING STARS的苏擎居然主动给她发邮件并表示感谢。她夸张地摇晃着脑袋，又再次看了一遍信件内容，才相信这一切都是真的。

剧烈跳动的心脏，简直像一辆横冲直撞的赛车，想要闯出胸膛。回想起苏擎对她温柔微微一笑的样子，又用好听的声音夸赞她们，她的脸泛上了红晕，暗想道：这个苏擎该不会是喜欢上我了吧？

“你别乱想！”周树菲被自己的想法惊讶到了，连忙摇头，对自己说，“人家可是大明星，又优秀又帅，怎么会看上你这么个小土包，就不要多想了。人家只是纯粹感谢你，对，只是感谢，少自恋了。”她努力平复下激动的心情，反而心跳更加快，绯红的脸庞荡漾着。

等完全平复下来后，她点开音乐，钢琴前奏从电脑中汩汩地流淌而出，伴着轻快悠扬的《I hope》，她久久地看着曲谱。这首曲子写得当然比她的那首《乐》成熟、专业许多，想到是因为她的曲子给苏擎灵感，也不免觉得搞笑，与其相比，她写的曲子太幼稚了。

听完，看完。震撼，忍不住再播放了一次，尽量跟着音乐一起哼唱，动听。她上网检索了一下SHOOTING STARS以及《I hope》，发现媒体给予他们很高的评价。

这是她第一次觉得网络娱乐和现实是那么靠近。

听着，周树菲按捺不住紧张的心情，给苏擎回信：

亲爱的SHOOTING STARS队长苏擎：

你好！

谢谢你的认同和赞赏，我感到不胜荣幸，谢谢你的鼓励，我会带着对音乐的热情加油的。你的原创曲目《I hope》超级好听，很棒、很吸引人。这让人不敢相信是出自一个跟我年龄相仿的少年之手。我希望你们今后的创作就像你作品中唱的那样“一直扬帆迎浪，寻找最真实的自我，I hope。”

祝 事业有成，学业进步！

那位爱音乐的人

读完再读，反复修改，觉得语言得体之后，忐忑地按下了“发送”。

周树菲抬头看着天花板，不由自主咧开了笑容。“我真的好幸运，这个是不是一个预兆，预示着我以后一定会顺利走上我梦寐以求的音乐之路。是的，一定是这样的。加油！周树菲！加油！”什么时候她的双手已经有力地握成了拳头。

电脑里还播放着苏擎的《I hope》。

“Hope”。希望。“一直扬帆迎浪，寻找最真实的自我，I hope……”

第二章

“妈,我出门了!”周树菲披上外套,还特意换了一件天蓝色的大衣,系上了纯白的围巾,这件大衣是周朝阳一年前给她买的,周树菲一直嫌弃大衣又重又麻烦,都没怎么穿,所以衣服显得崭新。今天周树菲特意把头发梳成一半散落、一半扎起的样式,衬着她有些肉肉的脸颊,脸庞显得小巧,更加清纯。

周朝阳从房间里走出来,皱着眉头说:“早些回来啊。”心中纳闷周树菲这是闹哪一出戏,昨天死活不出门,今天不用她说就主动出门了,还特意打扮了一番。“也许是开窍了吧。”周朝阳半信半疑地看着周树菲把门关上,“噔噔”的下楼声渐渐落下,也没多想,又回去补午觉了。

周树菲笑着跑下楼,紧张地朝小楼走去。她冷得缩了缩脖子,穿过老人活动中心,习惯性地往上走,似乎她来过很多次一样。到了门口,她反倒不敢敲门了,来来回回在门口徘徊了好久,不时看看红棕的大门。

突然,大门打开了,周树菲赶忙站立好,看着门缓缓敞开,走出一位年近五十岁的有些微胖的男人,男人显得很和蔼,周树菲放下了慌张的心。

男人迎面看见了周树菲,瞪大了眼,惊喜地说:“你是树菲吧!”

“啊?”周树菲愣了一下,点点头,“是,我是。”

男人一拍掌,喜悦地说着:“我经常听你妈妈提起你,就是没有看见过你本人。没想到今天见着了。你好啊,周小作家。”还一脸尊重地弯腰鞠躬。

周树菲听着一头雾水，但也跟着“呵呵”傻笑，问：“您好，请问您是？”

“哎呀。”这个男人也十分有趣地一摇头，道：“你看，我太高兴了，都忘了自我介绍了。我就是王主任，我叫王顺利。你妈妈应该有跟你提起过我，就是我叫你妈妈找你来帮我们写主持稿的。我可是经常在你妈妈微信朋友圈里看见你的照片，本人比照片上好看，跟你妈妈一样。”

“哦，原来是王主任啊，你好你好。”周树菲明白地回应，一时被王顺利夸得不好意思。

王顺利热情地问：“你来这里有什么事情吗？”

周树菲低下头，不好意思说出自己是来找王民麒的事情，犹犹豫豫地“嗯——”了一会儿，她终于说出：“那个，我是来找王民麒的，我找他有事。”

“民麒啊。”王顺利看了看办公室，“他就在里面，你进去吧。我正好有事出去一趟，你们好好玩。”

“谢谢王主任，主任再见。”直到王顺利不见了人影，周树菲才敢光明正大地走进门，发现王民麒没有在作曲，而是慵懒地躺在沙发上看书。周树菲就这样站在那儿，不知道该干些什么，王民麒也没有抬头。

过了片刻，周树菲支吾出一句话来：“呃，那个，王民麒，我来了。”场面有些尴尬。

王民麒放下书，对周树菲严肃地说：“你迟到了整整十五分钟。跟我来吧。”他缓缓站起身绕到小桌子旁边说。

周树菲被这么一说有点无地自容，愧疚地站在原地。看着周树菲还呆呆地站在那里不动，王民麒催道，“没关系的，我开个玩笑。快点过来吧。”

“哦，好。”周树菲转过头，依旧是用写满歉意的眼神看着王民麒，来到他旁边,安静地站着。

“我来给你讲下这首曲子的内容。”王民麒指着成稿对周树菲说,“这首曲子叫作《合欢树》,节奏比较轻快,旋律比较舒缓,表达了一种分离很久之后的人再次重逢的欢愉。曲子可以是几个人合唱,也可以独唱,如果要写歌词的话,我更倾向于独唱。伴奏以吉他为主,也可说只有吉他伴奏。歌词不仅要贴近曲名,还要符合当时的气氛,稍微清新淡雅一些,我觉得你应该会适合这样的文字。”

周树菲认真地听王民麒分析,领会了之后,点点头表示明白。停顿了一会儿,王民麒说:“现在我把最后的定稿完整地弹一下,你感受一下,体会体会这首歌的意境。”

“好。”周树菲坐在椅子上。

王民麒拿起吉他,看着曲谱,拨动琴弦,手指在琴弦之间穿梭,乐曲在琴弦之间飞跃。周树菲不自觉地闭上了眼睛,享受这个过程,完整、完美、悠扬、婉转。

周树菲缓缓睁开眼睛,王民麒正在看着她,问道:“你觉得怎么样?”“声音的盛宴。”周树菲惊喜地赞扬道,脸上的梨窝也因此早就飞扬到不知哪里去了。

“OK。”王民麒心里也很满足,把曲谱递给周树菲,“快点写吧。”

周树菲小心地问:“有铅笔吗?我担心写不好。”

“嗯。”王民麒点点头递过一只削尖的铅笔,只有一个巴掌那么短小。王民麒起身,把位子让给周树菲。

周树菲觉得受宠若惊,惶恐地点着头坐在王民麒原来的位子上,王民麒则回到沙发上看书。周树菲抬头看了一眼王民麒,一丝不苟,不由感慨,大学霸做什么事情都是那么认真，悻悻地低头，拿起笔，投入一番工作中。

她用笔戳戳脑门，不知道该从何落笔。

又用笔抵住下巴思索了一会儿，周树菲突然兴奋起来，顺畅地写下一段文字，她觉得很满意，又继续往下写，一气呵成。她又回头修改了几处用词，默读了几遍，觉得很好。这些文字也改变了一些她原来的风格，用词更加朴素，歌词简单，却很有韵律。

“嗯！”周树菲拿着完成的作品，来到王民麒旁边，颇自豪地扬起头颅，把纸递给他说：“我写好了，你看看，行不行？”

接过纸张，王民麒把书倒放在沙发的椅手上，仔细阅读。读毕，展开一抹笑：“不错，不过跟你以前那些范文的风格，还是有些不一样的，不过改变得恰到好处。”

周树菲尽量掩饰自己内心的欣喜若狂，急着接过王民麒的话：“是啊，我确实转换了一下我的文风，我以前的写作风格，有些太过华丽了。我觉得这首歌毕竟是献给大家的，太文绉绉了反而不好，这样简约一点，通俗易懂。”说着，还不时用手比画着，脸上的笑容早就出卖了周树菲的内心。

“有道理。”王民麒赞同，“你把我的吉他拿过来一下，我配上这个词整体来一次，看看效果怎么样。”

周树菲积极地应道：“好。”急忙来到小桌子旁，双手小心拿起吉他，不沉，轻轻的。她此刻内心澎湃着激动的浪花，因为她居然拿着王民麒的吉他。她很小心地笑着转身，把吉他递给王民麒。

王民麒单手接过吉他，把曲谱给周树菲。周树菲乖乖拿着，这时候的周树菲俨然一个小助手，恭恭敬敬，生怕出半点差错。

“你坐下，帮我举着谱子。”王民麒命令道，周树菲马上坐下，举好纸，不敢怠慢一分一秒，心里不知道为什么突然有些紧张，双手微微颤动地举着纸。趁王民麒低头调整吉他的功夫，周树菲默默深呼吸，努力让自己冷静下来。

调整好吉他，王民麒抬起头，周树菲也傻笑着看着他，王民麒奇怪地看了一眼周树菲，低头看谱子。周树菲尴尬的笑脸僵在那里，渐渐舒缓下脸颊上的肌肉，安静地听着。

吉他发出了声，王民麒酝酿了一下，开口唱到：

花开枝头/笑靨如春/轻轻摇曳那一抹时光

风儿吹拂/红扇落下/我站在合欢树下

轻轻说着/低声细语/谁在那一头

又是一年/花开之时/我们再重逢

彼此面面相觑/那么笑而不语

久违的合欢/久违的你

唯有一片落叶知道我们的情分

久违的合欢/久违的你

唯有一片落叶明白我们的微笑

团团聚聚/分分合合/何时再相见

树下团坐/热闹非凡/爽朗笑出当年的美

走过风车/跨过溪流/你同我一起

难得一次/童年旧地/我们再重逢

涓涓细流言语/温温暖暖情谊

合欢树上花/合欢树下人/旧人 旧事 旧时光

合欢树上花/合欢树下人/旧人 旧事 旧时光

最后一个音符落下了整首歌的帷幕。周树菲听得入神,手中的谱子也渐渐垂了下来,韵律深远,歌词简单优美,再加上王民麒委婉清脆的声音。王民麒也震撼于这样的歌词和曲子的完美结合。

“真好听!”周树菲展开笑容,看着王民麒,心里也甚是佩服和崇拜,“你的声音跟吉他的伴奏融合得很好,很自然。你以后一定会有很多很多粉丝的。”

王民麒喘着气,听到周树菲说的,也发自心扉地展开笑容,谦虚地说:“谢谢,其实也没有那么夸张。我这下可找对人了,你的歌词写得很好,以后我就不用自己硬挤着写词了。”

听到自己被夸了,周树菲不好意思地低下头,羞涩地说:“哪里,哪里,这也是我应该做的。再说,我也是真的很喜欢音乐,如果能让一个作品更加完整,让大伙儿喜欢,我也很荣幸。听到我写的东西被这么多人欣赏,也是一件很幸福的事情。”

王民麒不语,看着周树菲,收敛下笑容,沉思了一会儿,开口:“周树菲,我觉得你对音乐的喜欢可能跟我不太一样。”

“嗯?”周树菲有些吃惊,抬起头,对上王民麒那双闪亮的眼睛。

“我心中的音乐是很简单的,有时候不需要过多的修饰,可以随性,也可以洒脱,我觉得只要一首曲子能给人们带来快乐,还可以宣泄自己内心的情感,把千言万语融合到一首曲子里,这样就好了。但是你对音乐的喜欢是很细腻的,就是一点点把它修饰起来的感觉,说实话,这其实一点也不比我对它的喜欢少，但跟我很不一样。”王民麒继续说，“从你的文字中，我也可以感受到，那是一种别样的韵律美，既有着文字的清新，又有着音乐的华丽。”他井井有条地缓缓道出自己的看法。

周树菲面对王民麒的一番话语，有些惊愕，仅仅只是通过一次写歌词，几句话就把她的音乐态度大概描摹了出来，她有惊喜，也有惊吓。过了好久，周树菲说道：“你说得不错。虽然我们都有同一种兴趣爱好，可是毕竟不同的人都有不同的看法和见解。像我，还有我的同学，甚至像 SHOOTING STARS 这样的明星，每个人都有不一样的喜欢方式。尽管每个人的喜欢方式是不一样的，可是初衷都是一样的，同样是喜欢和追求音乐嘛。”

“嗯，你说得很好。”王民麒欣赏地对周树菲微笑，看得周树菲有点不好意思。他又继续自己的见解：“其实，你让我发现了原来喜欢音乐还有这么多种方式。因为我音乐方面的‘造诣’在同龄人中算比较深的，所以以前总觉得简简单单，洒洒脱脱做自己的音乐就很好，有自己的特色，才是真音乐。现在看来，有时候音乐的简单和细腻结合在一起反而更有味道。我作的曲子就是一种简约的风格，你填写的歌词就是一种细腻的美感，这两者相结合，没想到还挺成功的。”

“要不，我们合作吧？”王民麒向周树菲发出邀请。

周树菲惊呆了，一时半会说不出一句话来，瞪着诧异的眼睛看着王民麒真挚的笑容。

这时候，王顺利推门而入，看到王民麒抱着吉他，猜测道：“你们又在玩音乐了吧，现在的孩子呀，就喜欢弄这些，你们继续你们的，不要管我。对了！”王顺利刚想转身就走，又折回身子问，转向周林二人，“民麒，你晚上想吃什么？

我让你大伯母去买,昨天那个青椒炒肉丝怎么样?今天还想吃吗?"

王民麒起身,道:"大伯,今天晚上同学约我出去,晚上就不回家吃饭了。"说着,把吉他放回包中,说:"麻烦大伯帮我把吉他带回去,放在我的桌子上就好,我先走了。"他顺手拿起沙发上的外套,披在身上。

"好,那你也别玩太迟了,早些回来,钥匙带了没?钱够不够?"王顺利将吉他倚在墙上。

笑笑,王民麒说:"带了,够的。"打开门,就这样离开了。

留下周树菲,她也不好意思独自待在这里,就站起身有礼貌地对王顺利说:"那,王主任,我也先走了。稿子的事情我妈妈跟我说了,我会尽量早一些发给你的。"

"行。"王顺利点点头,"路上小心点。"

"嗯,主任再见。"周树菲连忙挤出门缝,快速朝外面跑去,追上了正要走出小楼的王民麒。放慢脚步,周树菲喘了几口气,跟在王民麒身后,发现王民麒朝小区里面走去,奇怪地问:"你不是要去和同学聚会吗,怎么往里面走?"

王民麒只顾往里走,说:"时间还早,随便逛逛。"

"哦。"周树菲知道了,也不说什么。

片刻,王民麒问:"你,愿不愿意跟我合作?我真的觉得这两种风格结合在一起,会把音乐的创作带到一个新的世界里去。"

"合作?"周树菲显得有些紧张,"我不知道该怎么创作音乐,我只是知道一点点,虽然以前也有些经验,但那不是正规的……"

王民麒打断周树菲的念念有词,道:"你写歌词就好,不用做其他的。"

"这。"周树菲其实知道王民麒的"合作"就只是他写曲子,她写歌词,可是,这就只是限于文学方面的创作，她也想学习怎么写一首完整的曲子。周树菲沉默了。

见周树菲不语，王民麒递给她一张纸条，说道："没关系，你慢慢考虑，这毕竟也是一个需要占用时间的工作。这是我的QQ和电话，等你考虑好了，你就来跟我说。"

周树菲接过纸条，看着纸上清秀的字体，点点头："谢谢。那，我先走了。"

"好的，再见。"王民麒朝她微笑着点点头。

"再见。"周树菲朝他招招手，匆匆回家去了。

回到家，周树菲俯身靠在窗子上，王民麒的那一声"我们合作吧"不时在脑海里回荡，这是一个靠近自己梦想的好机会，况且还有像王民麒这样的音乐才子的帮助，在音乐方面她也一定会有所提高的。可是，有时候在某个时期该干什么事情，不该干什么事情的界限反而在心底慢慢模糊了，这样一个时间段她到底该不该为了自己的理想而放手搏一次？

"啊。"周树菲叹了口气，把头埋在"娃娃"里，心里乱成了一团麻。

周树菲加了王民麒的QQ，他也总是在线。最近几天他们时不时聊起来，偶尔遇到共同话题，也能够聊得热火朝天，王民麒有时候讲的小幽默让周树菲觉得很亲切，她说话也不那么拘谨了，还会不时打趣一下王民麒。

"周树菲，我把《初见》稍微修改了一下，你要不要听一听？"王民麒十四点十七分发过来一条信息。

"好呀好呀！那我该怎么听？你发录音？"周树菲十四点二十分回复过去。

"要不你来楼下吧，我在小操场那里等你。"王民麒十四点二十分马上就回给周树菲了。

周树菲刚开始犹豫了一下,又想到最近自己宅在家里这么多天了,出去走走也好,爽快地回复:“好的,你等一下。”

“嗯。”王民麒简单发回来一个字。

周树菲关上电脑,换上一套合适的衣服,便下楼去了。

周树菲朝小操场走去,远远就看见王民麒坐在长椅上,只穿着一件薄薄的棉衣,手里抱着一把前几天见过的黄木吉他在拨弄着。

“嗨。”周树菲走到王民麒面前,坐在他的旁边,还刻意隔开了一点距离。

王民麒转过头,笑笑,说道:“你来了,速度真快。”

“那还用说。”周树菲应着,“就一个下楼的时间,我又不是老太太,腿脚灵活得很。”说着,她打量了一下王民麒的着装,问道:“你就穿这么薄一件外套,不冷吗?”

王民麒低头看了一眼自己的衣服,回答:“里面穿得多了,不冷。”又清了清嗓子,拨一拨琴弦:“你上次说,你很喜欢我的这首《初见》,我那次表演以后,把它稍微改了一些,尤其是歌词方面,我也稍做了润色。现在我把《初见》修改版唱给你听一听,你也可以提提意见。”

说唱就唱,王民麒一边弹吉他,一边娓娓唱来,这是周树菲第二次听他唱这首曲子,被修改过后的歌曲也更加清新脱俗。周树菲享受每一次听音乐的过程,因为每一首歌曲都有自己独特的魅力,都会带给人们不同的情感体验。

王民麒唱完了,周树菲却还有一种余音绕梁的错觉,他的声音不断在周树菲脑子里传响,她点点头,开心地说:“这首《初见》的改编版很棒很棒,比第一次听你唱更有一种小清新的感觉,淡淡的、甜甜的味道。"

"是吗?"王民麒听到周树菲的赞扬心里也美滋滋的,"谢谢。"

两个人这样静坐了一会儿,王民麒开口说话了:"周树菲,上次我问你的话,你考虑得怎么样了?"

"这个……"周树菲原本还没有真正考虑好,这件事突然被提起来,她也不知道该怎么表达她心里的那一番想法。

见周树菲仍是欲言又止,王民麒有点失望地反问:"你,是不愿意吗?这也可以理解,毕竟这是占时间的活儿。"

"不是的。"周树菲连忙解释,"我愿意。只不过,这不是我想象中的音乐创作,我也想学习怎么创作一首曲子,怎么样才能写出优秀的作品,并不想仅限于写写歌词方面。虽然说一首歌人们最先注意到的也许就是歌词,但是我觉得曲才是一首歌的灵魂,我想要看见音乐的灵魂。这种感觉你懂吗?"

周树菲站起来,王民麒也跟着站起来,看着周树菲一脸认真的样子。周树菲看向前面的那条河,叹了口气,说:"你其实不知道我对音乐的感情,其实我也想像你们一样,像 SHOOTING STARS 一样,可以把更多的热情投入到音乐的创作中去。最好像你这样,学业、兴趣兼得。但是我没有这个条件去做这些,我也特别羡慕你们,可以去做自己喜欢的事情,还有'伯乐'发现你们的才华,带着你们深入梦想。"

"我就不一样了。"停顿了一下,周树菲深吸了一口气,"我没有这么好的条件,所以我只能渴望,我觉得遇到你,是一件非常幸运的事情,帮你填写歌词,是我的一大荣幸,是你让我发现了,我的梦想离我其实也不是很远。还有苏擎,这个光芒四射的 SHOOTING STARS 的队长,居然会感谢我那三流作品带给他的灵感,那个作品不仅短小,还不是我一个人写的。”周树菲往前走着,王民麒平静地跟在她身后。

“跟你说这些你不要笑话我,这些可都是我的心声,我一直不敢对其他人说,甚至没有对我最亲的闺密说过。今天不知道怎么了,当着你的面就都说出来了,也许在我眼里,你是一个很可靠的人。总而言之,我也想像你们一样,创作属于自己的音乐。所以,我们如果真能合作的话,你能不能让我也参与到曲子的编写当中,一点点也可以。”周树菲有点想要哭出来,到最后还是忍住了,勉强笑笑。

王民麒沉思了一会儿,说:“原来如此,看你平时没有怎么接触音乐,也对它不是很精通,可你对它的执着这么深,我还以为,以你的文笔,将来会立志成为一名大作家呢。”

周树菲不好意思地笑出了声:“以前是有想过这样发展,因为基因吧,我妈妈就是从文的,没想到生个女儿却喜欢搞音乐,她一定郁闷死了。当年生我的时候,是不是哪根筋没搭对,我妈常说,我是医院里抱错了的孩子。”

“阿姨真幽默。”王民麒被逗笑了,想了想,说,“不过,我还是同意你的条件。”

“真的?”周树菲不敢相信自己的耳朵,兴奋地问。“是的。”王民麒又重复了一次,“我同意你的条件,从现在开始,我们就算合伙人了,以后一起工作,请多指教。”他绅士地伸出手。

周树菲开心地把手从口袋里伸出来,与王民麒象征性地握握手,道:“谢谢,我的合伙人。今后,还要麻烦你多多指导指导我,多教教我什么是创作。”

“好的,你以后也要乖乖帮我填写歌词。我相信你可以把握不同的音乐风格。”王民麒打趣地说着。

“喊，那是当然了。”周树菲欢快地走着，心里暗爽：太棒了，我也要成为半个音乐人了，感谢王民麒喽。不过也多亏了自己的文字很棒，才吸引了王民麒的注意，不然他怎么可能提出合作的事情，更不会同意教我编曲了，那归根到底，还是要谢谢爸妈的优良文学基因。怎么想，她都是心满意足。

王民麒看着周树菲远去的背影，独自念道：“原来周树菲是这样一个固执的人，原来也有这么多人跟我一样固执。这种感觉，很亲切。”他欣慰地一笑。

“妈，你亲亲的女儿回来了！”周树菲在门口叫嚷着，把鞋子脱下，有序地摆在鞋架上，口中哼着小调。看见周朝阳正在看电视，穿着新买来的睡裙，优雅地倚在沙发上，一个美人鱼卧，女人味十足。

周树菲看着周朝阳格外娇美，不禁夸道：“妈，你今天可真漂亮。”蹦跶着回卧室，探出头补充了一句：“还有，你的新睡裙超级适合你哟。”说完，咧开嘴，关上了门，房间里传来了唱歌的声音。

周朝阳全程看得目瞪口呆，在心里纳闷：这是着了什么魔道了？先是这么早就出门了，现在回到家又是夸人又是夸睡衣的，不对劲儿啊？

想着，她低头看了一眼睡衣，笑着歪斜过头，自我欣赏起来：“不过这件衣服是挺适合我的。”抬头看了一眼周树菲卧室紧闭的门，自言自语：“这小妮子也有点眼光。”又继续看电视了。

周树菲兴奋地打开电脑，给林舒雅发了一个信息：“雅儿娘娘，你在不在呢？”还加上了一个笑脸，心里乐开了一朵花儿。

“在呢,你今天怎么才出现呐? 最近很忙吗?”林舒雅看到信息,马上就回了过来,画上了好几个大大的问号,“是不是有什么秘密?”再添上一个奸邪的笑容,心怀不轨。

周树菲看到了,想了想,敲上几个字:“去约会了呢,你相信吗?”周树菲忍住笑,她已经想象到林舒雅夸张、惊讶表情了。

果然,林舒雅马上就回了:“哈? 周树菲,你没有发烧吧,居然去约会了,你知道这有多严重吗?”周树菲笑出了声,心里暗笑林舒雅的迟钝。紧接着,林舒雅又补上一句:“最最严重,也是最最重要的是,你竟然没有第一时间告诉我,这很没有义气诶。你什么时候找的对象? 名字、身高、年龄、相貌、身世,都一一道来!”

“林舒雅,一米六,年十六,相貌丑陋,身世不明。”周树菲心平气和地打了上去,淡定地按下“发送”键。

“周树菲!”林舒雅激动地第一时间发来了语音,那头的林舒雅怒气冲天地叫着,“周树菲,你说什么,谁相貌丑陋了,人家可是堂堂正正的班花,居然敢这么说我,不怕别人砍死你。还有,我都有一米六三了,不要拿你那矮个头来冒充我的身高!”

周树菲神闲气定地打字:“不要这么着急嘛,上火了可不好。”再加上几个“可爱”的表情,表示无辜。

林舒雅无语地发来几个“擦汗”的表情:“你这是咋了?”又发上一句“药吃了没有?”再来一句“医生给你开精神病证明了没有?”

“此言差矣,今日实在大喜大喜,故来发个神经。”周树菲或许有些兴奋过头了,居然冒出了文言文。

林舒雅发来一张“惊讶”的表情：“大喜？你们俩已经到这个地步了，太可怕！你妈知道不？阿弥陀佛，善哉善哉。”

这一回是换周树菲无语了：“啥呀，你都想到哪里去了？此‘大喜’非彼‘大喜’。我的意思是‘开心’，你古装剧看多了吧！”林舒雅半晌发来一句“只可意会，不可言传。佛曰：不可说，不可说”。

周树菲的脑袋前挂下三条黑线，一看就知道是林舒雅想到太平洋去了，无奈发上一句：“不聊了，不聊了，我要去看周子晨帅哥了。”

不出所料，林舒雅“噌”一下就发了过来：“何方妖孽，竟然敢动我家子晨，还不快快显身，出来受死！”还配上孙悟空的图片，以展示法术高超。

周树菲看了哈哈大笑，发去：“孙大师，别来无恙啊。”看了看手表，快到周朝阳规定的时间了，如果不按时完成作业，电脑可又保不住了，抱歉又带有趣味性地发去：“为了我的电脑兄弟可以安然无恙，本君要痛哭流涕地去写作业了，孙大师，本君先走一步，后会有期。”

林舒雅发来一个“再见”的小人。周树菲看到了，耸耸肩关上电脑，打开作业本，开始了艰苦的“创业奋斗”。

周树菲正在疯狂地写着作业，奋笔疾书，她以前在周朝阳面前这样评价自己：“你女儿我要是认真起来，连北大的教授都觉得可怕。”的确，看着这样的阵势，可毫不逊色于她所言。

“树菲，吃饭！”周朝阳敲了敲周树菲卧室的门，轻声叫道，怕影响了难得认真一次的女儿。

“行，我写完这道题就出来。”从房间里传来这么一句回答，听到吃饭，周树菲不由得眼前一亮,更是加快了排列草稿的速度,"唰唰唰"几声响亮霸气的落笔声,她自己也颇为自豪。

看着女儿那么专注,周朝阳不由感叹:"还是女儿乖,看来不逼逼她,给她点压迫感,她也不会这样认真,计谋实在好,不愧为一代'明母'啊。这样子,反倒有我当年的风采,看来树菲继承我的基因比较多一点。基因优秀,女儿也优秀啊,哈哈。"周朝阳又开始了自恋模式。

周树菲从房间里开门走出来,看到周朝阳正在盛饭,连忙夺过周朝阳手中的饭勺,道:"妈,我来帮你盛饭吧。"周朝阳一时感动到说不出话,转身坐到桌子旁,欣慰地说:"女儿真的长大了,真好。"

"嘻嘻。"周树菲无语地干笑两声,去盛饭了。她的目的可不单纯,帮母亲盛饭,也顺便帮自己盛,一则因为心情极好,二则因为周朝阳平时给她盛的饭太多了,她总是吃不了,但是周朝阳总是会让她无论如何也要吃下去。这次可以趁机给自己少盛点,给周朝阳多盛点,让她也体会一下"撑"的感觉。周树菲不由得在心里邪恶地一笑。

她费尽心思,把自己的饭松松垮垮地盛上去,没过了碗的边缘,而周朝阳那碗则压得实实的,制造了一副她的饭很多,而周朝阳饭很少的假象。

微笑着双手端饭来到餐桌上,把那一碗"少一点"的饭递给周朝阳,周朝阳感动极了,连忙给周树菲夹菜,边夹边温柔地说:"来,树菲,这个西兰花多吃点,还有这个鸡蛋羹,是我特意给你蒸的,多吃点。还有呀,这个虾仁和豆子是我新学的炒法,你盛些尝尝。"周朝阳兴致勃勃地介绍着各种菜。周树菲呢,也就半听半不听地"嗯"着,点着头,心里却想着早些吃完饭去上网和林舒雅聊天。

三两下功夫，周树菲便吃完了饭，起身说道："妈，我吃饱了。"周朝阳白了她一眼，温柔地说："快坐下，继续吃菜，这么多菜你要我一个人吃啊！可不把你身材苗条的妈咪吃胖了，再说，倒了也可惜。"

因为周朝阳说的在理，周树菲无奈，又坐下，无聊地夹着豆子吃。周朝阳看着周树菲一脸不情不愿，盛了几勺鸡蛋羹到周树菲碗里，说："你多吃些这个。"

看着碗里莫名其妙又多了一些东西，周树菲不开心地说："妈，你自己吃就好了，我自己会盛的。"但已经在碗里了，总不能再盛回去吧，低下头，默不作声地吃着。

"树菲，今天下午干什么去了呀?"周朝阳小心地问。

"跟同学一起。"周树菲随口答道，也有些撒谎的味道，毕竟去找男同学，说出来不仅不好意思，而且周朝阳也会"神经"起来的。

果真，周朝阳步步追问："谁啊？说来听听呗。"不怀好意，一点点深入敌营。

"嗯——"周树菲思索了一会儿，假装回忆人的名字，掰着指头点，"有林舒雅、江婷婷、毛玉清还有杨蓉。嗯，就这么多。"

周朝阳皱起了眉头，应道："这个毛玉清是谁？你们班什么时候有了这个人，男生？女生?"

周树菲摇摇头，应道："这个毛玉清是五班的班长，林舒雅的小学同学，可是一个妥妥的小美女，就是个子有点矮。"抿开嘴笑笑。

"哦。"周朝阳放下心来，继续询问，"那你们去干些什么？说来听听，也让我知道你们小闺密之间的日常是不是我和你李阿姨她们那样。"周朝阳使出了

“引诱”的方式，诱敌深入，不愧为“明母”呀。

“看电影。”周树菲脱口而出。唯恐有缺漏被发现。

“咦?”周朝阳奇怪地想了想，“你们一场电影就看了不到一个小时？现在哪部电影这么短，说给我听一下，下次我也去看。”语气里有些许怀疑。

见形势不对，周树菲暗暗自我诘问，说什么不好，偏偏去说看电影，怎么把时间这玩意儿忘了？周树菲连忙打圆场：“那个，我们是去婷婷家看电影的，婷婷家不就是在这附近么？后来看了一半多，婷婷爸妈回来了，我们不好意思久留，就先回来了。”讨好地笑笑，担心这话里有漏洞，又被揭穿了，她又怎么圆回去呢。

“这样呀！婷婷爸妈是很严厉，他们都板着脸，挺吓人的。再说留在别人家里也不好。早点回来也是对的。”周朝阳认可地点头点头。

周树菲悬着的心放了下来，心里暗暗窃喜：成功！

“妈，我跟你商量一件事呗。”周树菲想起与王民麒一起合作的事，总要找个理由出去，否则起疑心了怎么办，到时候被周朝阳发现自己天天去找一个男同学，可不气死。

“你说。”周朝阳默默埋头吃饭，打探完毕“军情”，她便放心了。

“嗯，是这样的，我想以后每天下午去图书馆看书，和林舒雅或者是毛玉清一起。我们语文老师说了，现在学生学语文，拼就拼在阅读量。谁读的书越多，谁语文就学得越好，所以啊……”周树菲平常就听校长、语文老师天天说“阅读、阅读……”之类的话，听得耳朵都长茧子了，今天终于派上用场，也幸亏老师他们常念，周树菲在心底窃喜。

听说关于学习，周朝阳想都没有想就同意了，周树菲高兴地大叫一声“妈妈最美了”，蹦跳着回到房间里。周朝阳笑着，一脸宠爱，又低头继续吃饭。一会儿，她奇怪地看着还剩一半饭的碗，纳闷地自言自语：“今天的饭怎么这么多啊？可能是女儿盛的特别一点吧。”

周树菲兴致极好，自觉地继续写还没有完成的作业，在心底盘算着：今天把数学这一块完成了，明天早上尽量把英语也写一点，再把科学补补完，背书什么的有空再说。多出来的时间都给自己好好消费消费。想想就开心，周树菲写作业更加卖力了。

努力奋斗了一个晚上，也是战果累累，经过周树菲一番艰苦的斗争，周树菲成功完成了数学作业，还顺便把英语作业也写了一些。

临睡了，周树菲兴奋地平躺在床上，细细想着白天的事情。

从王民麒提出合作到答应教她编曲的场景，如同影片一般，一幕幕在脑海中不断回放。“那从现在开始，我们就算合伙人了。”王民麒响亮动听的话，一遍遍在她心中响起，放出一波波回音。

想着她对王民麒不由自主吐露的心声，不由有些羞涩，她当时居然这么毫无防备地把心里话都说了出来，也有点担心王民麒会对她所说的这番话另有看法，内心些许不安。

就这样躺了好久，周树菲仍然毫无睡意，悄悄坐起身子，披上一件外套，穿着薄薄的睡裤，下了床，光脚踩在木制的地板上，有些寒意直冲上脚心，走了几步，也不觉得太冷了，轻轻迈着步子来到窗前，拉开严实的窗帘。

外面的光线一下子便透进了屋子里，在昏暗的房间里有了一道光线直射而入，再拉开一点，光线便成了长长的一片。

周树菲优雅地将散落的一丛头发撩到肩后,用手托住腮帮,手肘撑在窗台上,呆呆地仰起头,看向漆黑的夜空。这时的夜空没有星星,也没有月亮,此时的天上,只有黑,一片深远的漆黑。

多么思念老家的天空啊!冬季的夜晚,偶尔掠过一两颗星星,不亮,却很暖。周树菲伸出手指数了一下,有七八年了吧。爸爸离开的那个晚上,天上也是这般无星无月。她有些难受,鼻头一酸,摇摇头,安慰自己不要再想了。

“如果,爸爸还在这里,一定有人教我怎么弹钢琴。”周树菲喃喃自语,想起了与杨泽文一起生活的往事。

学钢琴的时候,杨泽文都会陪在她的身边,同她一起学习。以前其他小朋友都是妈妈陪女儿或者儿子的,只有树菲,是她爸爸陪着。想着,笑了一下,觉得挺有趣。

她仰起头,看尽深远的夜,看空无尽的天,“爸爸现在在哪里?他知道我现在已经学会怎么写曲子了吗?会吧,爸爸最全能了!”周树菲想象杨泽文在维也纳走过,从奥地利的边缘走向另一个小国家,风尘仆仆,却不觉得疲倦,自得其乐。杨泽文从前对周树菲说过,他想去音乐之都,去看看莫扎特的故乡。现在,或许已经去过了吧。

杨泽文悄无声息地离开的那个晚上,周朝阳一个人在房间里哭,她不知道为什么妈妈要哭,只是安静地回到房间里,看向窗外,一个酷似杨泽文的人渐行渐远,她踩在一张凳子上,对窗子喊道:“爸爸!爸爸!”那个人没有回头,只留下她一个人在迷茫。

从此,杨泽文就再也没有出现过,她的家里再也没有杨泽文这个男人的身影。

一天，周朝阳对她说，树菲，以后你就姓“周”，不姓“杨”了。你叫周树菲，记住了吗？树菲问，为什么？杨树菲这个名字多好听啊！周朝阳垂下眼皮，勉强笑着解释，我们家以后没有人姓“杨”了，只有姓“周”的。她牵起周树菲的双手。

树菲着急了，爸爸姓“杨”呀！爸爸去哪里了，他是不是不要我们了，他会不会回来？她越想越害怕，杨泽文冷漠地离开的那个晚上，让周树菲恐惧地大哭起来。

周朝阳安慰道，树菲不哭，爸爸还会回来的，他不会不要我们的，他只是出去工作了，很快就会回来，很快就回来。周树菲看见，一颗颗很大很大的泪珠从周朝阳脸上滑落下来，打在她的手背上，滚烫滚烫……

杨泽文没有回来，渐渐长大的周树菲也习惯了另一个名字。她从外公外婆口中得知周朝阳与杨泽文其实早就离婚的消息，刚开始以为自己会接受不了，后来慢慢不再想了，与周朝阳一起生活，也很快乐，杨泽文的离开，其实并没有影响到她的生活。那么，为什么不放下呢？

也不知道为什么，她开始翻开这本沉重的往事记录簿，因为在自己一步步追梦的路上，也渴望有父亲的陪伴，可以在她摔倒的时候扶她一把。更多的是，她想同父亲分享这一刻的快乐，杨泽文听说了，也一定会为她感到高兴的。

“树菲，你知道你为什么叫‘杨树菲’吗？”杨泽文曾经这样问过树菲，年幼的树菲摇摇头。

“杨树，是一种很坚强的树，它们不怕沙尘不怕恶劣的环境，坚守自己的那一方净土。‘菲’，其实就是‘飞’的同音字，有着‘飞翔’的意思。爸爸妈妈希望你做一个与众不同的自己，就像一棵会飞的树那样特别，所以，我们给你取名，叫作杨树菲。”杨泽文笑着，那样亲切温柔地说。

“你要做一棵坚强的、与众不同的树！”她笑了，虽不是十分明白父亲说的，但她从此以后却牢牢记住了这三个词语——“坚强”“与众不同”“会飞的树”。

周树菲沉思了一会儿，自言自语道：“坚强、与众不同、会飞的树，是的。这就是我，我要坚守我心中的那一方净土，不会放弃的，永远不会放弃的。”她惊喜自己在那一刹那明白了父亲当年的话语。

“爸爸，是你在默默告诉我这些对不对。”周树菲抿开嘴笑起来，看着曾经杨泽文离开的那一条路，喜悦地说，“一定是你，爸爸，你知道我现在在做什么，所以让我懂得我自己。爸爸，原来你一直都在……”眼泪悄悄地从树菲眼眶里流出，在脸颊上爬过一道深深的痕……

第三章

自从她跟王民麒正式建立合伙人的关系后，周树菲每天借着去图书馆看书的名义，去找王民麒，帮他写歌词，偶尔王民麒也教他一些创作的小技巧。在王民麒的帮助下，周树菲已经可以磕磕绊绊写出一些完整的、像样的小曲子了。两个人在清闲的时候，还会互相讨论时下最火最新的曲子，有时候也会谈谈学习、聊聊人生。

他们每天的工作在小区对面一个茶馆里秘密进行，茶馆的老板是王民麒父母的大学同学，关系十分“铁”，所以特意空出一间房，供他们工作。王顺利的办公室毕竟是办公的地方，不方便长期让他们待在那里。

周树菲在这段时间里十分享受，每天都是笑着出门，笑着回家。周朝阳也奇怪，或许她真的对学习开窍了吧。周朝阳这样解释周树菲的行为。

“妈，我出门了。”周树菲在一个晴朗的早晨，早早便起了床。

“路上小心点，早点回来吃中饭。”周朝阳才刚刚睡醒，迷迷糊糊地走出卧室，照旧叮嘱周树菲。

周树菲也不厌其烦地回答：“好的，知道了。”她朝周朝阳大方地笑了一下，就出了大门。

周树菲先绕小区楼下跑了几圈，冬天早晨挺冷的，她裹紧衣服，脸上被风吹得刺痛，呼出一口白色的水雾。等手表的指针指到七点五十分时，她便朝风音茶馆走去。遇到里面的工作人员,周树菲会很友好地问候一声“早上好”,经过十几天的相处,周树菲与他们大都熟识了。

推开那扇熟悉的门,周树菲笑着说:“我来了。”一抬头便看见桌子旁坐着一位陌生男子,长得有些成熟,又有些稚嫩。她一下子僵住了笑脸,男子诧异地抬起头,周树菲低下脑袋,小声地说:“不好意思,走错地方了。”尴尬地退出房间。周树菲再仔细抬头看了一眼门牌号,没有错。“那里面为什么坐着一个陌生人啊?”周树菲纳闷地反问自己,“我怎么知道?”

在门口游荡了一会儿,王民麒手中拿着两杯茶走了过来:“你怎么不进去?”王民麒奇怪地看着在门口徘徊的周树菲。

“呃……这个么……”周树菲不知道该怎么解释,半天说不出话来。

王民麒诧异地皱眉,说:“算了算了,你先帮我开个门吧。”

“哦。”周树菲如释重负,急忙帮他把门打开,王民麒疑惑地看了一眼周树菲,便进去了。周树菲也笑着等王民麒进门,最后自己悄悄地把门关上,站在门口。

那个陌生男子抬起头,看了王民麒一眼,又偏头看了周树菲一下,同王民麒交流起来。

周树菲尴尬地轻声走到另一张桌子旁,拿起王民麒的作品,心不在焉地欣赏,不时偷偷留意王民麒与陌生男子的情况。

那个男子看起来也不算大,长得跟王民麒还有一点像,尤其是他的鼻子,挺拔俊秀,但眼睛又有点像一个她以前见过的人,可是她实在想不起来那个人是谁了,两个人脸庞的总体轮廓十分相似。周树菲蹙眉深思,努力回忆那个“以前见过的人”。

突然，两个人都朝向周树菲看了一下，王民麒哈哈大笑，把周树菲吓了一跳，匆忙用纸挡住脸。

王民麒向周树菲招了招手，说："周树菲，你过来一下。"周树菲连忙放下纸，跑到王民麒旁边，站在他的身后，略低下头，用余光观察那个陌生男子，男子也看了她几眼。

"介绍一下，周树菲，我们学校同年级十一班的，文笔很好，可能比起你当时还略胜一筹，音乐方面虽然造诣不深，但是很执着。我的合伙人，以及我的御用作词人。"王民麒用手向男子示意周树菲，男子边听，边舒展开笑容，若有所思。

"周树菲。"王民麒叫道，周树菲猛然抬起头，"这是我的堂哥，王意晨，王主任的儿子，他现在在清华大学就读。"王民麒简单地说明了一下。周树菲听得一脸惊讶，想着：难怪总觉得他长得像一个我以前见过的人，原来是王主任的儿子呀。

又转念一想他在清华大学读书，对他的敬佩油然而生，周树菲吃惊地瞪大了双眼，惊讶地说："清华，你在北京读清华大学，好厉害呀。你的文采肯定很好，一定得过许多奖吧。"

王意晨听了，含蓄地微笑了一下，起身向周树菲问好："其实我也没有你说得那么厉害，很高兴认识你。心意的意，早晨的晨，王意晨。听说你写这次小区联欢会的主持稿，很期待你的表现，毕竟这种东西，我可是极其无奈地干了八年。"

周树菲面对王意晨的说辞实在有点惶恐，急急回答："谢谢，我第一次接触可能不是很熟练。"扯开一脸的"谦虚"。

“不用这么说，虽然我写了八年这东西，但是就连民麒都说你文笔好了，那你也不会差。民麒能看得上眼的姑娘，都肯定有些厉害的地方。”王意晨说话很平静从容，仿佛话里有话，还不时朝王民麒看几眼。

“呵呵。”周树菲也不好再那么谦虚下去了，礼貌地笑着说，“谢谢。”还微微鞠了一下躬，抬头问：“意晨哥，那你不是回来了吗？你为什么不继续写呢？你经验这么丰富，一定会写得比我的好。”

王意晨看着周树菲总是那么谦虚的样子，说道：“我昨天才刚回来，今天民麒邀请我来他的工作室参观一下，我就来了。我现在学校里的学业比较繁重，所以就不继续写了，我相信你也会写得很好的，毕竟还有几年的时间锻炼。说实话，其实我过完年就回北京，学校里有几个活动需要我参加，留在家里的时间不长。”

“哦，这样啊。”周树菲意会地点点头。

王意晨重新坐下，若无其事地问：“民麒，那你打算什么时候走？那边开学也应该挺早的，我爸妈建议你跟我一起去，相互有个照应，我也可以先带你熟悉一下北京的环境，刚开始那几天我还是有空的。”

“这个。”王民麒犹豫了一下，道，“我还没有打算，到时候再说吧。”

周树菲听到“去北京”之类的话，突然紧张了起来，她觉得有什么不好的事情即将发生，焦急地询问：“什么开学？什么去北京？”

王意晨诧异地看着周树菲紧张的样子——脸涨得通红，眉头皱起来，抿着嘴唇，眼睛直勾勾地盯着他们两个，迫切想要得到答案。

“你还没有跟你的小女朋友说吗？”王意晨笑中带着邪气，静静地看着王民麒和周树菲两个人的好戏。

听到这番话，周树菲脸红了，她清晰地感受到从耳根那里涌上来的热气，周围的空气似乎也都升温了，整个人的体温都在上升，她尴尬地站着，不知所措。

半晌，王民麒冷冷地说："王意晨，我刚刚不是跟你解释过了，我们只是合伙人的关系。你一个没有女朋友的人天天在这里瞎说这些有的没的，难怪没有女生喜欢你。怎么了，你这是羡慕嫉妒恨啊。"王民麒的话虽然带着打趣的成分，但是十分严肃，显然有些不悦了。

周树菲突然意识到刚才王民麒之所以大笑，是因为王意晨把她误认成了他的女朋友。听到王民麒帮她解围，她的心里应该高兴才是，但不知道为什么，反而更加堵了，堵得难受，喘不过气，甚至有些沮丧，一种被扔开的难过。或许是因为王民麒要离开了才会有这样的感觉吧。周树菲安慰自己，让自己不再那么伤心。

王意晨也立刻严肃了下来，说道："民麒，你也不要当真，我只是说笑而已的，我知道你这个人经不起几句玩笑话。"又转过头对周树菲说："同学，不好意思啊，我只是开个玩笑，不会介意吧？"

"没事。"周树菲恢复了正常的脸色，强装镇定地回答。

"那个，民麒被北京的一所私立音乐学院录取了，所以我刚才才问民麒那样的问题，你不知道，所以吃惊很正常。"王意晨帮忙解释。周树菲听着，心里突然抽搐了一下，恍然大悟，有些沮丧地说："哦，原来是这样啊。"

"王意晨。"王民麒不耐烦地叫道，"你等会儿不是还要和你的高中同学聚会吗？怎么还不走？不怕迟到么？"

"哦，是的。"王意晨突然站起来，看了一下手表，自言自语道，"天哪，居然已经八点半了,快乐的时间过得好快啊,我也真的该走了。"边说边往门外走,王民麒也起身送他。

王意晨走到门口,又转过身来,苦口婆心地劝说:"民麒,你真的不跟我一起走吗?跟我一起走多好啊。"王民麒叹口气:"哥,这些事到时候再说吧。快点走,快点走。"实在听得烦了,不停下逐客令。

王意晨也没好气地说:"王民麒,这么着急赶我走,你也太无情了吧。那好,我就先走了,你们两个人好好工作啊,拜拜!"

关门。房间里顿时一片安静,只剩下周树菲跟王民麒两个人,却有着前所未有的尴尬气氛。

王民麒看了周树菲一眼,来到桌前,继续看他的音乐杂志。周树菲静静坐在王民麒的侧面,想说些什么,但看王民麒一张爱理不理的脸,欲言又止。

终于,周树菲忍不住问了:"王民麒,你真的要去北京了?"王民麒愣了一下,点点头。

她证实了这一点,反而心中更加焦急,生气地追问:"你什么时候被录取的?为什么不告诉我?你真的在过完年之后就走了吗?你不在帝高读书了?"周树菲不知道这些问题是什么时候从她口中冒出来的,就是那么突然,心中那么着急想要得到答案。如果王民麒走了,之后还有谁会带她在音乐这条路上前行呢?

"就在不久前。"王民麒扔下杂志,抬头说,"王校长向那所学校推荐了我,他们对我的《初见》很满意,再加上王校长跟那所学校的老校长交情不错,就让我去那里深造。那所学校真的挺不错的,在全国也算数一数二了的吧。"

周树菲又是愤怒,又是羡慕,有些牵强地笑着,边听着边点头:"你不参加中考了，直接就可以读高中大学是吗?”

“算是吧。那里的文化课也不会松懈，大学我大概也会在北京读，你如果来北京，记得去找我。”王民麒看似一本正经地盘算着，其实在抚平周树菲的情绪，“你也不用担心，你还是我的合伙人，我去了北京之后，会把我的各种曲稿用邮箱发给你的，你再帮我填词。”

“好。”周树菲有点想哭，但她忍住了。一个朋友离开了，一个合伙人离开了，一个梦想道路上的指导者离开了。一个王民麒离开了，便同时走了三个人，有些沉重，却无法表达。压抑，让周树菲喘不过气来。

看见周树菲沉默了，王民麒隐约感受到了她的悲伤，出言安慰:“周树菲，你永远都是我音乐道路上最真诚的合伙人与朋友，我不会忘记我们这段时间的相处，是你让我看到了更多音乐人的热情，也是你让我的一个个作品更加完整、完美，给予它们灵魂。”

听了这一席话，周树菲有一些释怀了，渐渐抬起头，看着王民麒，眼眶里仍旧有些泛红。王民麒对她欣然一笑，道:“我会等你把你的曲子做好了再走，你前面写得挺好了，万一我一走，你后面又懒惰得不写了怎么办？好歹你也算我半个徒弟，总不要给我丢脸才是。”

“哼，谁是你徒弟了?”周树菲忍不住反驳，“我们可是平等的合伙人关系，可不要给自己戴高帽。”

王民麒尴尬地干笑了几声，觉得自己的面子有些挂不住，忍不住说道:“你现在都敢这样跟我说话了，还记得你第一次见到我的时候，一言一行都谨慎得不敢出错，现在混熟了，翅膀也硬了是吧?”

“翅膀要是不硬的话，我要怎么飞啊？还有，你不怕我把那首曲子的后半部分拖到开学的时候才慢慢写啊?”周树菲理直气壮,刚才失落的情绪,暂时被埋在心底。

“好,那我就等你到开学。”王民麒异常坚定严肃地说。

一时间,周树菲惊呆了,她从王民麒的眼睛里,看到了真挚,她从来没有想过王民麒会对她的一句玩笑话那么认真。感动,惊愕,泪水竟然止不住流了出来,一颗滑落,第二颗,紧跟着滑落,最后成了一串串泪珠相接流下。

面对周树菲的眼泪,王民麒显得有些不知所措,急忙抽出纸巾塞给周树菲,语无伦次地安慰:“你怎么哭了? 不要哭了,我又不是不回来了。早知道不跟你说这件事情了。你也太容易伤感了吧。树菲,不要哭了。”

看着王民麒慌张的样子,周树菲破涕为笑,嫌弃地用纸巾擦了擦眼角,说:“你也太笨了,居然连安慰女生都不会,将来看你怎么找女朋友,我看哪个女生肯要你这样的人。”

“那就你跟我凑合凑合吧,反正我也不嫌弃。我要走你居然哭成这样。”王民麒接上一句话。

周树菲脸上是一片红:“你瞎说什么啊? 原来都不知道你居然这么不正经,真是看错你了,我还嫌弃你的臭脾气呢,什么都不说,真是不够朋友。我刚刚就是想着,一个朋友就这样走了,怪难过的,以后学校里也再没有王民麒这样一号人物了,也挺可惜的。”

“我还以为什么呢,不要总把短暂的离别搞得像生离死别一样。我只是去北京追梦去了,追梦追了,成功与否,我都是会回来的。毕竟,我是在这座城市里长大的,人总是不愿意在外面流浪太久。”王民麒平和地说。

“你会成功的,我相信你。”

王民麒说:“谢谢你,周树菲。如果我真的能成功的话,你的帮助是很大一部分因素。”

周树菲感觉有一丝温暖在心上晕染开来,她展开大大的笑容,就像他们第一次相遇那样,思索了片刻,说道:“是你的才华让你能够有这样的机会出去深造,而我只不过是你在这条路上的一个同行者罢了,终点都是一样的,但是过程也许会显得更有趣了吧。反倒是你,让我以前那样一个对梦想犹豫不决的人,在十字路口,被你硬生生拽到这条路上陪你一起走。”

王民麒笑出了声:“你可是愿意陪我一起走的,不要说得好像是我硬逼你的一样。那你觉得,我的帮助,是好还是不好呢?”

“不应该是好与不好的问题吧?”周树菲道,“无论我是不是被你拉过来,我眼前的路总是要走下去的,不过一条路是梦想,一条路是现实。如果我有能力的话,无论我走哪一条路,我都能把梦想带到现实中去,在现实中实现我的梦想。你的帮助,让我更加坚定了我要走的那条道路。可能你走了之后,这条路对于我而言,会泥泞不堪,到处是荆棘,但是我总要学会自己不断摸索,总是靠你帮我把前面的路铺好,我这梦想,到底是不是我自己的了?”

“我从来没有过这样明确的人生目标。虽说还是一名在校学生,首要任务当然是学习。可,如果没有一个明确的目标摆在那里,你就算再如何努力学习,还是仅仅为了学习,这样的奋斗有什么意义?又怎么可能会为了将来而有踏实的脚步?现在我总算知道了我的人生目标,它就摆在我的眼前,我要紧紧跟着它走,为了它而拼搏,为了它而学习。一切现在的努力,就是为了我以后能过上我理想的那种生活。”

“要是真的把它归结为好与不好的问题,我想,我现在的答案是,好的。你是一个很优秀的音乐人，同样，你也是一个优秀的合伙人，这段时间里你教会了我很多东西，让我从对音乐盲目的执着，到能够懂得怎么去跟它交流。总而言之，我要谢谢你，王民麒，谢谢你！”

这一段内心的独白自始至终都只有一个听众，而这个听众就是让周树菲能够说出这一段独白的人。王民麒十分认真地听着周树菲的话，微笑着说：“没事，你不必谢我，就像你说的，你是我人生道路上的一个同行的人，我也是你人生道路上一个同行的人，现在我们要暂时分道扬镳了，但是我相信我们的信念还是一样的。我觉得，你一个跟文字打交道的人，让音乐反衬你的文字美，朴朴素素，简简单单。但是你有你自己的选择，这只是我的个人想法，你不用太在意。”

周树菲也很赞同地点着头：“或许，真像你说的那样吧，我更适合写写文章，搞搞创作什么的。但是音乐永远会是我生命的一部分，我今后，即使不能从事跟音乐有关的职业，起码我追求过，能够无怨无悔是对青春的负责。”周树菲欣然地笑出了梨窝：“那我就不会后悔我做过选择，下过决心。”

半晌的安静，王民麒拍手鼓掌：“周树菲，你真是一个惊喜，可惜很少有人能够真正接触到你深邃的一面。该怎么说呢，我应该算那个幸运儿了吧，能看到这一方面的你，同样我也很幸运，有机会聆听你这一段发自肺腑的演讲。我想，我就算现在去北京，也不会留下什么遗憾在帝高，在这个小区里了吧。”

“你不会觉得我很可笑吗？明明只是一个小孩子，没有到经历过什么大风大浪，就说出这么一番大道理来。”周树菲觉得自己有点儿可笑。

“怎么会。你应该也是一个孤独的人吧，或许你曾经有过直击心灵的打击。不过你不要多想，我只是随便猜猜而已。因为你说的话实在很少有人可以说出，有一种无法言喻的感染力。”王民麒不知道应该如何用语言来加以描述。

周树菲不可思议地斜过头，满脸的不相信：“王民麒，你可真是神了，怎么什么都能猜到？看来今天非要把我的家事对你一一说了不可。”

“不用不用。”王民麒也很无语，自己有时候猜人心也是蛮准的，“我不是故意要打探你的家事的。”

“没关系。”周树菲大方地说，“跟你说说也无妨，你过不久就要走了，也不至于在学校里到处宣扬我的家事吧。”她对着王民麒单纯一笑，露出几颗牙齿。

王民麒见周树菲也无所谓，不对自己的话有所追究，便也笑笑，摆出一副洗耳恭听的姿态。

“我爸妈离婚了，这是很早以前的事。我爸爸一直没有消息，但是我爸爸离开的那个晚上，我印象十分深刻，我怎么叫他，他就是不回头看我一眼，就那样头也不回地走掉了。所以，我对于离别有一种恐惧感，总是感觉每一种分别都会是永远。我也怕，我们之间的分别也会是一种永远，也许那会是一段很长很长的时间间隔。”周树菲缓缓说来，内心的压抑也是释放了不少。她害怕离别，担心分开，那个人，说不定就会像杨泽文当年那样，不再回来了，杳无音讯。

“不好意思，揭开了你的痛处。”王民麒想到自己的父母也总是常年在外出差，自己一个人住在家里，或者是寄住在一个又一个亲人的家中，那段记忆，让年幼的他是那么痛苦、孤独。听着周树菲的经历，也感同身受。

周树菲摇摇头，表示“没事”。看到王民麒面前的曲稿，她想起自己是来工作的，可不是来煽情的，打起精神说：“你看，我们光说了这么多，正事还没有办呢。我也要早一些把曲子写好，好让你放心去北京深造。”

两个人抛开刚才的感伤，开始了新的工作。周树菲把自己已经写好一半的谱子从包中找出来，自己摸索着。王民麒还是看音乐杂志，试图从中寻求新的灵感。

天空渐渐红润了起来，冬日开始高高悬挂空中，用微薄的热力，驱走一夜的长寒，树木也渐渐挺起了身子，精神了许多，有些竟在冬季里抽出了绿叶，巴掌大的叶儿，微笑地依附在枝干上，小芽苞紧紧包住主干，光秃秃的树上，有了一丝新意。那有了一头“枯发”的常青树，也在丝丝暖意的催促下，抽了新芽，干枯与嫩绿，淡黄与翠绿，相互交映，这也是冬天里一番别样的景色。

阳城花苑，这个规模不大的小区，却有着一个持续了八年的传统——大年三十的中午，摆上几大桌，全小区的人自愿报名，一起参加“新年联欢会”。由小区的人推选出一男一女做主持人，联欢会有表演，有互动活动，持续三个小时左右。每年的今天，就是阳城花苑最热闹的时候，几乎每一个阳城人都会积极报名。

今年的主持人，是一对新人，他们前不久才刚结婚，小区的楼道里还系着一圈圈气球。为了图个“新”意，大家一致推选这对新婚夫妇做今年的主持人。

周树菲的外公外婆从乡下来到城里了，拎着大包小包从动车上下来，周朝阳和周树菲一起来到车站接两位老人。两人挤过人流、人海，终于看见周树菲的外公外婆，开心地迎上去，帮忙接过包包袋袋。

“外公，外婆！”周树菲提过外婆手中的一个小袋子，用手挽住她的手臂，贴在她身边，甜甜地叫了一声。外婆“诶诶”地笑着，摸摸棉衣口袋，说：“菲菲长大了，我们都多久没有见到了。外婆外公给菲菲带了小礼物。”努力往厚厚的衣服里伸,吃力地摸索着,另一只手还提着包。

人流匆匆地从他们身边挤过,不时撞到其他人,四个人堵在路中间,成了一道巨大的障碍。周朝阳推着箱子,退到周树菲身后,说道:“妈,回去再找吧。我们堵在这里,别人都过不去了。”

“快找到了,不要着急嘛。”外婆似乎摸到了什么硬硬的东西,用手尽力往外拉。周朝阳无奈,用手护着外婆的侧面,避免她被撞到。别人从他们身边不断擦过,一些脾气火爆的还愤愤地咒骂着:“干吗啊,挡在路中间,还让不让人走了,这你家的地儿啊!”周朝阳不停地道歉:“不好意思,不好意思。”

外婆从衣服口袋里掏出了一支钢笔,上面用了类似青花的花式,周树菲兴奋地接过,在手上掂量了一下,还十分有质量,细看上面,几片青色的云朵,一座简笔楼台,上面一只黑衣大雁,旁边用楷体刻了一段文字:云中谁寄锦书来,雁字回时,月满西楼。是一段李清照的《虞美人》。

“谢谢外婆外公。”周树菲十分欢喜这支笔,拉着外婆,朝外面走去。“真是好看。”周树菲翻来覆去看这支笔,用手轻轻抚摸上面的文字,一点点凹陷下去,手指划过,有一种触电的感觉。

外婆看周树菲对这支钢笔爱不释手,打心眼里高兴,呵呵笑着:“菲菲,喜欢这笔吗?这可是外婆外公在车站旁边的那家文具店里挑了好久买来的。我们不懂什么字儿,他们说这支好看,很多学生都很喜欢。”

听说是车站旁边买来的,周树菲略有担心。“这支笔应该很贵吧。”手紧紧握住钢笔,小心地问。

“不贵不贵,也就六十二,再贵的东西,我们菲菲喜欢,我们也给买来。”外公在一旁插嘴。听到“六十二”周树菲慌张地感觉到手中有些烫。外婆瞪了外公一眼，解释道："这是原价，春节他们说打折，半折优惠呐！"

周朝阳道："爸妈，你们那点钱，自己花也就行了，还买什么礼物给树菲。这里的店也就骗骗你们这些没有文化的老年人，这种笔，顶多十几块，以后别瞎买东西，我们的东西够多了，不用你们费心买。"

老人们听了就不高兴了，争相发话："阳啊，你这咋说话的，我们给菲菲买礼物，也用的是我们的钱，不花你们的，干啥在这里计较。"

"阳啊，你哥有一句话说得真是对，这钱不用出去，哪里会进来，一点咱老人家的心意，总不能这样嫌弃吧。"周朝阳无奈极了，又不好直接跟他们反驳，只好默默听两位唠叨。老人家不仅把周朝阳的哥哥搬出来了，还有远房的堂哥、堂姐，表弟、表妹，说他们怎么怎么会赚钱，又怎么享受生活，事业照样做得大……

周朝阳听着，忍着不耐烦，平静地走到车边，打开后备厢，把几个大包塞了进去，后备厢一下子就被塞得鼓鼓的，用力关上，往前进到座位里。周树菲帮外公外婆打开后面的车门，外婆外公直夸："菲菲真懂事，长大了，个儿也长高了。"一边说，一边往里挪。周树菲在一旁笑着。

待他们坐好，周树菲关上后门，自己坐在副驾驶座上，自觉系上安全带。

"走吧。"周树菲与周朝阳对视一笑，开车往家里去。

小区的舞台早在前一天便搭建好了，红色的地毯，五彩的气球，还有一条长长的大横幅——热烈庆祝阳城花苑第九届新年联欢会举行。每一个单元的门口都挂着两个大红灯笼，楼与楼之间还系上了彩旗，一派新年气象。

到家了，周朝阳把车停好，下车拿东西，周树菲的外公外婆在楼下东张西望，不停地说："阳啊，你这小区挺不错的，可比你哥那里好多了，环境也好，气氛也棒。”

周朝阳应道：“本来我其他的各方面条件也就不怎么样，不住好一点，可不委屈了我们娘俩。”外公外婆听了，安静没了声，忧心忡忡地面面相觑。周朝阳说：“爸妈，等会儿把东西提到楼上，你们整理一下，中午我们在小区里吃，位子都帮你们订好了。”

“好嘞。”老人家连声应道，心里也是欣慰有这样的乖女儿、乖外孙女。

“妈。”周树菲帮忙把东西都拿到楼道上，问，“我先去舞台那边了，等一下你们到了，就打个电话给我，行吗？”露出期盼的表情。

“你先去那儿干吗？不跟我们一起吗？”周朝阳警惕地问，停下手中的动作，严肃地盯着周树菲。周树菲一时不知道该怎么解释，磕绊了一会儿，说：“哦，我想去帮主持人再对一对主持稿，王主任说，关键时候，可不能出差池。”一双真诚的眼睛就这样对上周朝阳。

周朝阳相信了，点点头。

周树菲开心地握拳，激动地说：“Yes，那我就先走了，到时候再见。”她飞也似的跑开了，只留下周朝阳疑惑的样子。外公外婆问：“阳啊，菲菲这是去哪儿了呀？”周朝阳恍过神，继续理行李，答道：“去舞台了，今年主持人说的话，都是你外孙女写的，她想再去看一下。”

“哎哟，菲菲这么争气啊，可比丫丫好多了，我们家出了一个小才女哦……”外婆走在楼梯上，忍不住心里偷着乐。

周朝阳则对周树菲最近的反常行为有些困惑，皱着眉头看着周树菲跑远：“这孩子是不是有什么事情瞒着我……”

周树菲征得周朝阳同意以后，兴奋地朝舞台后面跑去，她四处张望，可惜人有点多。那对新婚夫妇最为夺目，女的穿着一身红艳的长袍礼服，头上别着花，整个人都似笼罩在一团火中，把那张清秀的脸映衬得圆润了，男的也耀眼，虽说一袭黑色燕尾服在众人之中黯淡无彩，但胸口的一枚浅红色的透明钻石饰品，却如同画龙点睛之笔一般，让他脱颖而出。

王意晨在人群中看到了周树菲，摆手招呼："周树菲，在这里。"周树菲眼快，一下子就看见了，小心翼翼地挤过一个个精心打扮的人，艰难地来到王意晨身边。王民麒正坐着拨弄吉他，不一会儿，抬起头来，对周树菲一笑，平静地说："你来了。"

"嗯。"周树菲也笑笑，"你怎么没有化妆啊？"周树菲转头看着其他或是浓妆艳抹，或是衣着华丽的人，又看看王民麒一身洁净的白色衬衫和毫无修饰的脸蛋，诧异地问。

"为什么一定要化妆，没有人规定不化妆就不能上台了吧？"王民麒轻描淡写地回答。

周树菲一时语塞，又不甘地反驳："这总归也算是一场演出吧，正式一点总要的，这么多人看着呢。不化妆会跟其他人格格不入，整个台上难道就你一个人搞特殊？"

王意晨在一旁笑着插话："民麒这是对自己的颜值太有信心了，到时候一上台，就是一种'呵，我不化妆也照样比你们好看'的姿态。"说着，接踵而来是一段大笑。

"好有道理啊。"周树菲也跟着笑道，"意晨哥，你真是一个'潜力股'！"

"过奖过奖。"两个人笑得更疯狂了。

王民麒一时无语，颤颤地说："你们两个人，想象力能再丰富一点吗？干脆去写剧本了，别老在我的身上做文章。"

"民麒，不瞒你说，我在大学里的社团，就是一个写剧本的。"王意晨再"捅了王民麒一刀"。这回，王民麒是真的无话可说，一言不发地看着笑得合不拢嘴的王意晨、周树菲两个人，满脸的无奈，满眼的无辜。

看到王民麒的表情，周树菲强制让自己停下来，说道："算了算了，没有化妆也不是什么大事，反正男生化妆也是怪怪的。那白色粉底一打，红色口红一涂的，怪搞笑的。"

听到周树菲一席话，王民麒紧绷的脸也舒缓了下去。

"铃——"周树菲的手机响了，看到屏幕上显示着"亲亲妈咪"四个字，这备注还是周朝阳亲自改的，连忙对他们说："你们先聊，我先走了。祝你演出成功。"说着，对王民麒比了一个"加油"的手势。

"好，拜拜。"王民麒点点头。"拜拜！"王意晨也说道。

走出嘈杂的人群，来到一个比较安静的地方，才拿起手机说："喂，妈，你们是要来了吗？我就在桌子那边等你们哦。"周树菲刚想挂下电话，周朝阳在电话那头严肃地说："先等一下，你现在在哪儿？跟谁在一起？"

周树菲一脸诧异，奇怪地问："怎么了？我在舞台这边啊，没有跟谁在一起。妈，你有点不太对劲，怎么了？神神秘秘的。"

"没什么。我们也要出门了，你在那里等着。"周朝阳赶紧转移话题。

"哦。"周树菲一脸迷茫地挂了电话。在心里纳闷周朝阳刚才的话，一边又加速朝酒桌走去，路过办公楼，办公楼也是张灯结彩。突然周树菲明白了些什么，"扑哧"一声笑出声来，想：老妈不会以为我谈恋爱了，或者是出去干坏事了吧？她无语地摇摇头。

周树菲到酒桌旁时，周朝阳跟她的外婆外公都已经在了。

“你怎么不在这里等着。”周朝阳质问，“你去哪里了？”

“去后台了，不是跟你说了去找主持人再对一下台词吗，再修改修改，尽量更加完美。有什么事吗？”周树菲面对周朝阳的强大气场，应付自如，振振有词，面带微笑。

“哦。”周朝阳自知刚才的话语太过鲁莽，连忙温和下语气，“没事，就是问一下。”

“妈。”周树菲凑过去，“你怎么了，有些不正常耶。”还带着坏坏的笑容。周朝阳被看得心里发虚，连忙解释：“没有没有，你这小妮子在想什么啊。”

又假装看了一下手表，周朝阳转移话题：“这联欢会就快要开始了，爸妈你们也赶紧坐好，不然好位子给别人抢走了。”周围的人也渐渐多了起来。他们迅速找了几个好位子，在舞台对面的中间，第二排左右，视线刚刚好。桌子上摆好了水果、坚果之类的，有些人路过，顺便带走一两颗樱桃或葡萄，然后若无其事地边走边往嘴里塞。

两位主持人含情脉脉地对视了一下，优雅地走上舞台。台下掌声雷鸣。

“各位阳城花苑的业主们，以及业主的亲友们，大家好！”女主持人努力拉扯自己尖细的娃娃音，大家也十分给面子地拍手鼓掌。

“在这阳光明媚的大年三十，我们很高兴能够与各位朋友欢聚一堂……”

“爸，妈。”周朝阳在台下拉拉周树菲外公外婆的衣服，轻声说，“这两个人念的，都是树菲写的。两个人在舞台上读给大家听，介绍节目什么的，就是主持稿。”一边说，还一边给他们指指舞台上。

两个老人似懂非懂地点点头，高兴地说：“菲菲写的，哎呀，真的很棒哦，还是读给这么多人听的，那咱们菲菲可厉害了。”

周树菲不好意思地腼腆一笑。

外婆一直“啧啧”地碎碎念：“菲菲可真是厉害，孩子都长成大姑娘了，大了大了。咱们这些老婆子、老头子也都不中用了，以后也要指望这帮孩子了……”心底又是欢喜，又是忧愁的。

周树菲的注意力全在舞台上：先上场的，是一个古筝独奏表演，一个七岁的小女孩，年纪轻轻扮起古风来，却是那么优雅得体，风度盎然，引得众人不住地赞叹。接着，是一支舞蹈表演，一对双胞胎男生一起跳街舞，节奏感极强……

她一直伸头望着，心中焦急什么时候才轮到王民麒的表演。

终于，男主持人上台，用极其典型的广播音介绍节目：“我们前面这么多喜气洋洋、热情四射的表演。现在让我们暂时舒缓一下热情高昂的情绪，来聆听一首动人的曲子。有请四栋三单元的王民麒为我们带来独唱《合欢树》，大家掌声有请。”周树菲听了，兴奋地用力鼓掌，特别卖力，笑容洋溢得尤其灿烂。周朝阳看了一眼台上拿着吉他，缓缓上台的白衬衫男生，又看了一眼周树菲，同她一起热烈地拍手。

王民麒与刚才看到的不太一样，此时他也描了一些淡妆，显得更加清秀。坐在椅上，调整好吉他，用一只手放好话筒，娓娓唱出：

花开枝头/笑靥如春/轻轻摇曳那一抹时光

风儿吹拂/红扇落下/我站在合欢树下

轻轻说着/低声细语/谁在那一头

又是一年/花开之时/我们再重逢

彼此面面相对/那么笑而不语

久违的合欢/久违的你

唯有一片落叶知道我们的情分

久违的合欢/久违的你……

与第一次听到的一样,还是那样委婉动听,悠远深长,不过,这一次,比第一次更加能够拨动人的心弦。因为感情,一种发自肺腑的欢乐与留恋,将这一份友情,或者是亲情,抑或是爱情,诠释得这样细致、柔腻,不经意间触碰到了人心底的那一眼清泉,会让它在平静上,平添一圈圈相互追逐的涟漪。

周树菲呆住了,目不转睛地看着台上的少年,将她的文字用美妙的乐声流淌到人们的耳朵中。在歌曲中,分明带着对她的告别,还有他们在一起工作的短短十几天里的快乐和享受。这是第一首两个人共同合作的曲目,也是最完美的一首。

这首《合欢树》是开始,也是结束……

想哭,周树菲颤抖着抿住嘴唇,眼眶中充盈泪水,她再一次对着王民麒灿烂地展开笑容。王民麒也看到了她,微笑着,继续唱下去。

这是周树菲在与王民麒的告别,似乎也是在对一直憧憬的理想生活告别。难道王民麒就是她的梦想吗?不然,王民麒身上带有周树菲一直想努力去抓住的理想状态,然而那只是王民麒的,并不是她真正拥有的。

有一刻,周树菲从王民麒的歌声中理解了什么。梦想,从来都不会建立在别人的影子上,假若真是如此,这便不是你所拥有的那个。有一条路,它从来只能由自己走过去,哪怕前半程有别人陪伴,但结尾,只有你可以走下去,没有人会代替你,也没有人能够代替你。

对啊,我要一个人把音乐这条路走下去,周树菲怅然,心中似乎重新燃起一丝对梦想的渴望。"王民麒,谢谢你,我会在这条路上越走越远,迟早有一天,我会赶上你的脚步。"周树菲用极低的声音自言自语,没有人听到,她自己也听不到,可能只是她的心灵在说话,这是一份坚定与自信……

一个热闹的大年三十,就在最后的鞭炮声中落下帷幕。

新一年。降临。

"周树菲,我下午四点钟的飞机,你来机场吗?"王民麒这是第一次给周树菲打电话。他此时正在赶往机场的路上,与王意晨一起,去那个他所向往的城市。

"这么快就走了?"周树菲正摆弄下午的点心,诧异地放下手中的工作,来到卧室里,面对窗户,远眺侧面的小区大门,"你现在在哪里?"

"去机场的路上。你不来送一下你的合伙人?"王民麒心中期盼周树菲能够来,因为这是一段他珍视的友谊,一起奋斗的青春。

周树菲倚靠在窗上,说道:"不了吧,就像你说的,你走了又不是不回来了,不要搞得像一场生离死别一样的,那么大的伤感。"她没心没肺地笑着。

"你可真是无情啊,这么对待你工作上的伙伴,让我有点伤心啊。"王民麒感到失落。

“这可不是无情。”周树菲连忙解释道，“说实话，我挺想去送你的，但我怕我到了机场看到你走了，就会忍不住哭出来。这样最好，我没有看到你走的场面，就认为你还在学校，反正在学校里也见不到你嘛，可以多留一份念想。你也知道，我是一个在离别上控制不好情绪的人。”

王民麒也无奈地笑笑：“那好吧，就当你已经来机场送过我了。等一下啊，你先不要挂电话。”

“嗯。”周树菲抬头仰望天空，等着王民麒回话。

“民麒，意晨，到了，你们快进去吧。”王顺利亲自开车送别两人，还有王意晨的母亲，也不放心地来了。

王民麒戴上耳机，将手机揣在口袋里，与王民麒一同下车。王顺利打开车厢，帮两人拿行李，叮嘱：“意晨，到了北京，你要多多照顾民麒，先带民麒去好的宾馆住几天，等到学校开学了，你再带他去。你当哥哥的也辛苦一点了，钱要是不够的话，打电话给我，我到时候会打给你的。”

“好。”王意晨背上书包，拉着行李箱，应道。

王意晨的妈妈也在车里摇下窗户，插上几句：“民麒啊，到了北京都听你哥的，你们哥俩相互照应。那里没有我们在身边，你们一切都要小心。”

王民麒此时也拿好了行李，微笑着点点头，说：“大伯，大伯母，我知道了，你们放心吧，那我们先进去了，你们就回去吧，辛苦大伯和大伯母了。”

“是啊，是啊。你们先回去吧，我又不是不知道。”王意晨也连声应道。

“不是怕你不知道。”王意晨的母亲没好气地看着儿子，“是担心民麒第一次出远门，又是去那么远的地方去那么久，人生地不熟的，不习惯，你这孩子，都出去一年了，也不知道回家，我们有什么好担心你的。”

王意晨尴尬地回应:“妈,这话可不对,我好歹也是你的亲儿子啊,再说,民麒不是还有我这个当哥的嘛,保证不出一个星期,就马上了解北京城,你们就放一百个心吧。”

“你也是我们这里出去的,不要得了那处的好,忘了你十几年的家啊。”王意晨的妈妈苦口婆心,眼中尽是关怀。

“知道了,妈,再见!”王意晨会意地点点头。

王顺利看了一下手表,说:“是时候了,你们该进去了,一切小心,到了北京,给我们打个电话,多迟我们都等着。还有民麒的宾馆就在你学校不远的地方,你先带着他。”

“好好,知道了,我们进去了,再见,爸妈。”王意晨搂过王民麒的肩。

王民麒也点点头,示意感谢,道:“那我们先走了,大伯,大伯母拜拜。”说罢,王意晨搭着他的肩膀,往机场里面走去。

王顺利两人在目送王民麒和王意晨远去的背影,担忧与不舍无法言说。王顺利叹了口气,再次喊道:“到了记得给我们打电话。”在拐角,王意晨给他们一个微笑,消失在了人群中。

王顺利和妻子依旧看着已经没有人影的拐角,望眼欲穿。

半晌,王顺利回到车里,喃喃道:“走了走了,我们也回家吧……”他再一次看了机场方向一眼,开车离开。

听到王民麒他们的对话,周树菲问:“你到机场了?”又看了一眼时间,“还有四十分钟你们的飞机就要起飞了,怎么,有没有不舍得啊?”

“是啊,四十分钟后我就要离开这座城市了,是有点舍不得。”王民麒回头望了一眼这座城市,虽然只是人流车潮的一部分,但他看着,却格外美丽,一个似有家似无家的城市,他这样浑浑噩噩生活了十几年,如今要分别了,怎么会没有一丝留恋呢?更何况,这里还有帝高,还有阳城花苑,还有那一帮一起闹过的兄弟们,还有周树菲,一个同样追梦的,单纯又执着的女孩。

“王民麒,我问你一个问题。你的那首《初见》里的女主角,是谁啊?”周树菲问。

“没有谁,为什么突然这么问,打探我底细?”王民麒感到纳闷。

“嗯哼,真的吗?都要走了也不说实话,还把不把我当朋友?”

“好吧。告诉你,这是我爸妈的故事,很浪漫不是吗?所以,其实我有一些歌,都是以我爸妈以前的故事当素材的。”

“这样的啊,我可知道你创作的秘密武器了,原来是用故事来编歌曲,创造出一条感情线。”周树菲呵呵一笑,又道,“王民麒,我很高兴遇到你,我们的故事,也会是一首首动人的歌曲吧。”

王民麒有点迟钝,愣了一下,回忆起周树菲可爱又傻傻的样子,道:“会吧,我也希望这样。”

“亲爱的各位旅客……”机场发出语音提示。“我要检票了,先挂了,到了北京我们再聊吧。”王民麒说。“好,拜拜。”周树菲不舍地挂下了电话。

不久,一架飞机在窗前的天空划过,留下一道过痕。“王民麒,再见。”周树菲扬起嘴角,发出内心的道别。

看见

冬天很快就过去了，小树抽出了新芽，比起上一年，它更高大了一些，再也不会被其他树挡住仰望天空的视野了。

小树从睡梦中醒来，发现身上与地上的白雪都融化了，它的身上也出现了小新叶，那么娇嫩，那么可爱。

惊讶的小树兴奋地向四周用力伸展开枝叶，它发现它快像其他大树那么高大了。透过叶片，它竟然也可以看见更大更美的天空，蓝蓝的，就像刚用水洗过一般，小鸟多了，在天空中快活地飞来飞去，“叽叽喳喳”唱起春天的赞歌，还不时与小树打声招呼。

“你们好！春天好！”小树激动地大声喊出来。

随着春天的来临，天气也逐渐回暖，小树的身上长出了更多的新叶，它又跟去年一样茂盛繁荣了。它一直在等待那只曾经带着它的叶子飞翔的小鸟回来。

终于，小鸟回来了，还带来了一群稚嫩的孩子，小鸟长大了，成了鸟妈妈。

看到小鸟回来了，它高兴地呼唤道：“美丽的小鸟，美丽的小鸟，你还记得我吗？你还可以再带我飞吗？”这句问话充满了期待与希望。

小鸟停在她的身上，抱歉地说：“对不起，小树，我已经不是以前的小鸟了，我现在是这群孩子的母亲，我不能带你去飞翔了，你迟早要自己去面对生活，我们鸟儿的寿命不及你们，所以小树，请你自己去实现你的理想。我应该走了，回到我应该生活的地方。”

说完，小鸟与小鸟的宝宝们就飞走了。

小树有些震惊，也十分失落，它细细回想小鸟的话，“是啊，我还是要自己学会去独自飞翔的。”它若有所思地点点头。

小树身边，冒出了许多新的小树苗，它们对于这个世界，也跟小树刚探出头来的那一刻一样，兴奋而又好奇。有些小树苗说，它要去海里玩，虽然它不知道大海在哪里，长什么样子；有些小树苗说，它要在大城里立足，做城市中的一分子，尽管它不知道它该怎么去大城市里……

听着，小树开心地笑了，眯上眼睛。在梦中，小树长出了一双翅膀，真的脱离了土地，在天空中飞翔，与小鸟比赛，和白云嬉戏，它灿烂地大声笑着，真的好幸福……

第一章

一个寒假在作业的时光中,又偷偷溜走了。周树菲现在总是看着窗外,看着蓝天,偶尔会记录下一两段耐人寻味的文字。

有时候,王民麒会发来几份他新作的曲稿,她也很尽心地帮助他填词,然后再与他聊上几句。王民麒在北京生活得很好,认识了很多同样热爱音乐的朋友,也见到了许多有名的歌手、音乐制片人,他还交了一个好兄弟,都来自同一座城市,所以两个人自然很快打成一片。

“真好。”周树菲羡慕地回复过去,看看周围,旧床、旧窗,一切无异。

王民麒也很关心地回复:“你也不用羡慕了,你总有一天也会来到这里的,也能跟我一样的,一步步深入,与音乐更深入地接触。你的曲子作完这么久了,那个词填了吗?有空完整唱一次,录音发过来。我帮你指点指点,还有,你有进行新的曲目创作吗?”

“没有,都没有。我现在除了写作业,也就听听歌了。我在听《合欢树》、《初见》原版、《初见》改编版,还有《I HOPE》。”周树菲如实回答,自从王民麒离开以后,她就有些懒散了,不如刚开始那般动力十足,也许是因为少了一个人,这条路就走得缓慢了吧。

“你真懒,起码也要对你自己选择的这条路负责吧,可不要半途而废了。”王民麒有些不快周树菲这样沉默不前的状态,发言批评。

“不，我这是在汲取你们的精华。砍大树前，总要把斧子磨尖喽，这样才又快又高效，否则，不仅慢，又吃力，这就叫磨刀不误砍柴工。”周树菲笑着，颇为自豪地回复。

王民麒诧异地看着周树菲，笑着回复：“你还挺有一套的嘛，那我就拭目以待，你是如何飞速进步的。可不要把我的精华都汲取完了，好歹给我留点撑撑场面。”

“那可不一定的，汲取你们的东西我一点都不客气。你说得不错，那我就请你拭目以待吧。”周树菲看到王民麒的回复，笑出了声，毫不客气地给他一个回应。

“好，我的合伙人。”王民麒再次发来。

周树菲开心地一耸肩，看着一直放在床前，却从来没有谱写过歌词的曲子。这是她第一首独立完成的曲稿，她还没有想好应该给予这首曲子怎样的肉体，但她已经想了一个很好听的名字——《一直走下去》。

是对自己的鼓励，也是对于音乐路的美好期盼，一直走下去，永不轻言放弃，不道苦与泪水，一直走下去，踏过烟雨风尘，走过平湖秋月，一直走下去，永远走下去……

运气好的时候，周树菲也会收到苏擎发来的消息，不过只是一发一回，不会多聊。苏擎说，SHOOTING STARS 最近正在巡回演出，可能不久后，就会到周树菲的城市。他们的巡回演出很成功，其中专辑里还新添了许多苏擎的原创曲目。并且苏擎独唱了一遍《I HOPE》，发送给周树菲一份音频附件。

与苏擎的对话，并不同王民麒那样，聊久了便不拘束了。由于身份的原因，两个人一直以彼此敬重的口吻来交谈，这样使周树菲有些不自在，不过苏擎每一次发消息，她总会多多少少有些收获，比如收到他的手稿、音频，让周树菲也是激动上好一会儿。

周树菲又开启了“宅女”模式，整天待在家里不出门，捧着电脑，或者是发发呆。

为此，周朝阳曾经找她进行过深度对话。

“周树菲，我想跟你说件事。”周朝阳进入周树菲的房间，一本正经地坐在床上。周树菲紧张地回过头，说：“你说吧。”

“你最近怎么不去图书馆看书了？”周朝阳试探性地询问。

“我前一段时间看了太多了，现在不想看了。”周树菲扯出一个牵强的理由，警惕地盯着周朝阳，担心有人把她吃了一般，不禁紧张地咽了一口口水。

“是吗？”周朝阳怀疑地追问，“你确定没有骗我，说实话。”

好像纸窗被捅破了个洞，也藏不住什么秘密了。周树菲首先谈条件，防止自己受太大的伤害：“我说，但是先跟你说好了，你听了不要激动，要听我完完整整地讲完。”

“好。”周朝阳扬起笑脸，自豪地点点头，为自己的机智点赞。

周树菲犹豫地看着周朝阳，在一番艰难的心理斗争之下，终于把她在王主任办公室遇到王民麒，然后怎么变成合伙人关系，在茶馆里秘密工作，到后来王民麒去北京读书的事情都一一对周朝阳说了。

了解完事情后，周朝阳恍然大悟，说：“这是好事啊，为什么不跟我说清楚？你能去追逐你的梦想也很好啊，我不会那么狠心把你从你的梦想里硬生生拉出来的。”

“这，不是怕你知道了之后，反对嘛。你以前也不是没有制止过我做有关音乐的事。我担心你还会像上次那样……”周树菲有些委屈,她说谎,也是为了保护自己的梦想,并没有恶意。

周朝阳也惭愧地对周树菲说:“对不起,树菲。当年是我做得太过分了,不过你有什么事情也要以学业为先。我其实并不反对你去做你喜欢的事情,可是有时候也要主次分明啊。你能去实现你自己的理想很好啊,妈妈也年轻过,也有过自己的理想,所以我也可以理解你的心情。青春嘛,总是要去闯一把的,不碰了一鼻子灰,又怎么会找到那条自己想走的道路。不过你隐瞒了妈妈这么久,是你的不对。我也知道你多么热爱音乐,虽然我理想中的周树菲应该成为一名记者,但我也不能把我的理想强加在你的身上,我还是会尊重你的选择。”

听了周朝阳的话,周树菲有些感动,她好久都没有这么跟周朝阳谈过心了。她低下头,流出了眼泪,抱歉地说:“妈,对不起,我不该瞒你这么久。但是我希望你对我的选择不仅是尊重,还有支持,好吗?”又重新抬起头,看着周朝阳,等待她的回答。

“好,我支持你,妈妈永远支持你的选择,但是这个选择,一定要对你有好处,不能是有害的。”周朝阳笑着回答。

“妈。”周树菲开心地扑上去抱住周朝阳,不停地说:“妈,谢谢你,谢谢你……”此时的周树菲内心的愉悦无法言说,对于母亲的理解,她的感谢也只能靠“谢谢你”三个简单的字眼表达。她感受到一种直上云霄的快乐,梦想带着她飞,她乘着梦想翱翔在天空中。

不过最近林舒雅反而不见了身影,QQ 上都没有响应,发短信给她也不回,手机都关机了。“该不会是被她的父母禁网了吧?”周树菲猜测道,为林舒雅的悲惨遭遇而惋惜,“可怜的娃啊。”

就在开学前几天,林舒雅突然又出现了,过于激动地发了一连串消息:“菲!菲!菲!我太太太开心了!我爸妈实在是天底下最好的父母了,爱死他们了。人生之美妙啊,我都感觉我的人生圆满了。”

“诶?”周树菲看得一头雾水,“孩子,你咋了?”

林舒雅发来解释:“周树菲,我真的超级激动的,我爸妈带我去广东玩,没想到 SHOOTING STARS 在那里开演唱会!超幸运,实在开心死宝宝了。”还发来几个“得意”的表情。

“孩子孩子,注意用词,要文雅。”周树菲从容地提示。

“不好意思啦,我实在是太兴奋了。我爸妈居然还买到了票,前排的,我又一次近距离看到了周子晨,超帅的!”林舒雅一边打字,一边回想着当时的场景。

看都不用看,就可以想象到林舒雅犯花痴的样子了,周树菲无语地摇了摇头,一副“恨铁不成钢的”的样子。写道:“娘娘,矜持一点,不要太激动了。”

“我控制不住我自己啦!”林舒雅还添上几个“羞涩”的小人,红晕的脸庞,简直就是一派娇羞少女的形象,似乎就是此刻的林舒雅。

周树菲无语地打上一串句号,表示“无话可说”,又发去:“你没有被禁网吗?”

“我好好的没有干坏事,为什么要被禁网啊?”林舒雅一脸疑惑。

猜错了。周树菲在心底默念,回答:“我看你 QQ 也不上,手机又关机了,还以为你干了什么坏事被你爸妈禁网了,害我担心了好久,没想到你去广东快活去了。”

“不好意思啊。”林舒雅嘻嘻地发过来，“出门的时候忘记带手机充电器了，就没有充电，手机就自动关机了。”

为了安慰一下周树菲，林舒雅又加了一句：“不过我碰不到手机，是挺难受的。关键是拍了这么多好看的照片都不能发到朋友圈晒一下，也是好可惜的。”

“你不是没有手机吗？你怎么拍照啊？用手在空中比划比划？”周树菲一眼就找到了漏洞，吃惊地问。脑海里浮现出林舒雅用手比画，傻傻地假装拍照的样子。

“我爸妈不是有带吗？”林舒雅实在佩服周树菲的脑洞大。

“好有道理，我竟无言以对。”

“那我先下了，我世界上最好的父母呼唤我去选照片，到时候洗出来寄给你一饱眼福。”

“好，拜拜！”

林舒雅匆匆上线，又匆匆离开了。周树菲看着林舒雅暗下去的头像，渐渐成了灰白色，用手靠住头，深深叹了口气，自言自语：“怎么我身边一个个都这么幸运啊。不是去北京读音乐学院了，就是出去玩遇上演唱会了，就我一个人整个寒假都是在家里度过的。”

她抬起头，看向天花板，大声喊出：“什么时候幸运女神才会降临到我的身上啊？”一会儿便没了声音，房间里一时间变得格外宁静。她瘫在转椅上，任椅子偏转到另一个方向去。对准了窗外，椅子停了下来。

飞鸟有了，新叶也有了，小区里渐渐有了一丝绿意。大红的灯笼，青翠的叶片，灰黄的野雀，河流流淌了起来，慢慢地流，小心地跑。

“又是一个春天啊!”周树菲深沉地感慨道，拉长了音。

她静默了一会儿，脑袋有些放空，忘我地仰头注视天空，似乎有一架飞机从空中飞过，就像王民麒那天离开时看到的一样。周树菲惊愕地晃过神，仔细看天空，并没有一道飞机飞过的痕迹。“原来是错觉，还以为又是一个像王民麒一样的人走了呢。”她有些失望，有那么一刻，她以为那架飞机上，就坐着她跟林舒雅两个人，一起飞到北京，或是更远更广的地方，一起深造音乐，开创自己的音乐风格。

“什么时候，会是我人生中的春天呀?”

她闭上了眼……

终于，在时间的号召下，开学了。又是一个新的学年。

回顾整个寒假，周树菲有些惭愧。她作为一个有望考重点高中的好学生，当其他人在假期里做了一套又一套练习卷的时候，她只完成了普通的作业。不过，有时候她想，练习做得多，不如做得精。况且，她还收获了一种不一样的思想，这种思想——叫作坚持、勇敢，在哪里都适用，并且受益终生。

“树菲!”林舒雅突然出现在周树菲面前，林舒雅白了，也胖了一点，短发留长，扎成一条短小可爱的马尾辫，很俏皮地束在身后，林舒雅面带微笑，脸上肉嘟嘟的。

周树菲惊喜地起身，捏捏林舒雅的脸，笑着说:“雅儿娘娘，你这个假期吃得不错啊，都长肥了，也长高了。”

林舒雅往后一靠，打去周树菲那只在她脸上乱捏的手，翻了个白眼，道:

“周树菲,你可别哪壶不开提哪壶,我这不叫长肥好吗? 这是十分正常的状态,还有些小可爱。不过,长高么,我还是有三分之一是真长高,三分之二是靠鞋子的。好消息,我已经成功到达一米六四的行列了,羡慕吧!”还嘚瑟地在周树菲面前晃了晃。

“不羡慕,一点都不羡慕。”周树菲一本正经地摇了摇头,“因为我也长高了,还长了一点五厘米,比你多个零头,更重要的是,我没有长胖,还瘦了,羡慕吧!”周树菲也得意地朝林舒雅挑了挑眉,底气十足地挺直了身子。

林舒雅不服气地回给周树菲两个吐舌头、撅嘴巴的动作。

“嘻嘻。”周树菲不由笑出了声,挽过林舒雅的手,两个人一并坐下,说道,“雅儿娘娘,你也别不开心啦,虽然吧,我长得是比你快,但是你还是比我高啊,只不过是差距越来越小了而已嘛。”不怀好意地笑笑。

“你真是越来越‘会说话’了。这个假期给你的嘴巴养得真好,不仅能吃,还会说,把自己夸得不要不要的。”林舒雅也听出周树菲话背后的含义,还是在偷梁换柱地变相夸自己。

被知道了阴谋,周树菲耸耸肩,顺着她的话接下去:“谢谢娘娘夸奖。”偷偷笑着,看着林舒雅的面部表情变化。

林舒雅也从容地接招,不紧不慢地回答道:“小妮子的嘴巴这么会说,真是一个可塑之才,要不娘娘赏你一个冰激凌?”

“好啊,好啊!”周树菲听说有东西吃,连连点头,眼睛瞪得锃亮。

看着周树菲一副迫不及待的样子,林舒雅直接泼一盆冷水:“想得倒美。这么自恋,也不怕招人打。”停顿了一下,想想又道:“不过,你家楼下的那家冰激凌真是美味,有空再一起去吃?”摆出一脸的憧憬状。

“想得倒美!”周树菲也玩笑似的来了一句。林舒雅一下子便懵了,呆在那里一脸茫然。

看着林舒雅傻傻的样子,周树菲不禁笑了,忙说:“开玩笑的,今天交完作业,还有很多时间,我们再一起去‘Na Na’吃哈根达斯。先说好了,你请客,我付钱,也算是对于我一不小心长高得比你快的小补偿。”

“这个可以。”林舒雅与周树菲一个响亮的击掌。

两个女生便自顾自地笑,也借无声的笑脸,来宣扬无限的话语,以及这份纯真的友谊。

“各位同学们,我们十分高兴,在度过了一个快乐舒适的假期之后,再次见面。我也依然担任你们这个学期的班主任。既然大家都是老熟人了,那以前的老规矩,还是要遵守的。”王柳一开学,就给全班来了一个下马威,“这个学期可是最关键的时候,我希望大家都能打起百分百的精神,以最饱满的精神面貌来迎接这个时刻。”

王柳的话讲得抑扬顿挫,听得台下的学生都不约而同紧张地咽了口口水,全神贯注地盯着王柳,大气都不敢出。

“我们地区教育局受到当红真人秀节目《我是演说家》的启发,决定正式开展‘演讲节’,并由各学校内部先进行选举,最后到市区比赛。”王柳向大家宣布消息,面无表情,“考虑到学习的问题,我们段每个班分到三个名额,我决定由阮元意、陈伟、周树菲三位同学代表我们班级去参加这次校级比赛。希望这三位同学能够取得佳绩。”

台下掌声一片,周树菲一脸吃惊,转眼看了看阮元意、陈伟,他们两人显得从容淡定，想必应该早就从家长或者老师口中得到了此消息。

“由于这次比赛决定得有些仓促，所以时间可能有些紧迫，帝高第一届‘演讲节’将在下周四、周五举行，这样的安排，也是为了让我们九年级段能够把精力早些放入冲刺中考任务中。不过辛苦三位同学了，这个星期的作业量会尽量减少，以便让你们有更多的时间准备。”王柳道。

周树菲听得一愣一愣的，感觉自己还不知道发生了什么，就被拉去参加了比赛，她一头雾水地盯着台上的王柳，不安地皱起了眉。

交完假期作业后，王柳把周树菲叫到办公室谈话。周树菲无奈，只得让林舒雅稍等。林舒雅很大度地说：“去吧去吧，我会等你的，我还等着你来付钱呢！”

周树菲放心地一笑，跟着王柳来到办公室里。

王柳交代的事不多，对周树菲说了这次比赛的大致要求。以“梦想”为话题，展开自由演讲，演讲时间控制在十分钟左右，不宜太长，如果晋级，就可以直接去市里参加比赛，并且一个学校只有五个晋级名额，竞争还是很激烈的。

最后，王柳郑重交代：“树菲啊，我觉得你也不用把太多的时间放在这上面。其实所有学生中，我觉得你是最有潜力的那个，所以一直都十分看重你，不过你有时候心总是不在学习上，如果你能把心收一收，也不怕考不进年段前五。现在是关键时期，你不可以松懈，要把更多的精力投入到学业中，这次比赛，我就是想给你一个锻炼的机会，比完赛就要更努力学习，别再多想其他的事情，专心迎考知道吗？”

“知道了。”周树菲很认真，毫不含糊地点了点头。

“好，去吧。”王柳点点头，“记得收收心啊。”

周树菲轻轻一笑，走出了办公室。在门口迎上林舒雅，她道："走吧。"两个人手挽手走出校门，彼此对视一笑。

一路上，周树菲不语，林舒雅也不问。有时候，她们也习惯了彼此的沉默，反而觉得安静是一种美好，在安静中，可以读到自己或者对方的内心。

回忆起刚才王柳的话，尤其是最后那几句谆谆叮嘱。周树菲有些犹豫，她不知道该怎样面对自己的梦想。王柳对她的殷切期盼，她对梦想的渴望追求，她一时间不知道应该怎么选择。兼得最好，但是"专心"毕竟只有一个，所以选择也只是唯一。无论选择哪个，她都觉得不满意，可是她又不得不选。

也许两者不冲突呢？周树菲深深叹了口气。

"树菲？"林舒雅用手在周树菲面前晃了晃，疑惑地问，"你怎么了？冰激凌都融化了，我看你从刚才走到这家店起就不对劲。"

周树菲回过神来，摇摇头说："啊？没有啊。"说完还把一大口冰激凌塞进嘴里。一时间，牙齿打战，舌头无味，整个脸部寒气蔓延，艰难地咀嚼着口中的冰激凌，往喉咙里滑入，冰凉瞬间在全身游走，周树菲一个激灵，骨骼肌颤抖。

周树菲看着林舒雅，正在若无其事地把冰激凌送入口中。

周树菲忍不住问道："舒雅，你为什么会喜欢在这么冷的天里吃冰激凌啊？你不会觉得很冰吗？我看全世界也就你喜欢在大冷天的吃冰激凌了。"

"哪有这么夸张，这家店里不是卖冰激凌吗？如果真没有人吃，老板也不会做了吧。"林舒雅津津有味，一口又是一口。

周树菲思索了一会儿，问："那你为什么要在冬天的时候吃冰激凌啊？"

"嗯——"林舒雅咬住勺子，想了一会儿，"因为觉得很特别吧。我妈说在夏天吃冰的，肚子里会堆积寒气，到了冬天就会特别怕冷。那我就在冬天里吃冰的，到了夏天，不就不那么怕热了吗？你说这有道理吧。”林舒雅还感到很自豪。

“是挺有趣的，那我以后也要在冬天里吃冰激凌，也可以练就一个金刚不坏之胃了。”周树菲一本正经地开玩笑。

“金刚不坏之胃？”林舒雅被逗乐了，“周树菲，才几十天没有见吧，你这语言功力进步很大嘛，以后你都可以去编写《现代汉语词典》了。怪不得‘王二娘’一有写作文的比赛，就都二话不说交给你呢！”

“过奖过奖，鄙人不才，也就这点小本事。”周树菲殷勤地对林舒雅笑笑。

林舒雅也来演绎宫廷礼仪，拉细了嗓子，慢慢地说：“既然这样，小菲子就退下吧。”

“喳。”周树菲顺从地点点头。

“咱这可是后宫老戏骨了。”林舒雅一边吃着，一边笑刚才那个一唱一和的表演，“大导演不找我去演皇后娘娘真是可惜了我这才华。”

“那你不就成大明星了？到时候大红大紫了，可不要忘了我啊！”周树菲放下手中端着的冰激凌，对着林舒雅双手抱拳，严肃地说，“苟富贵，勿相忘！”

林舒雅一巴掌拍在周树菲背后，道：“你呀，净说这些文言文。我可不想当什么大明星，天天被‘狗仔队’跟踪，连半点私生活都没有，这过得也太不自在了。”周树菲呛了一下，假装痛苦地说：“林舒雅，你这手劲也太大了吧，我都快被你拍吐血了。”

林舒雅白了一眼周树菲：“你这中枢神经是不是有问题啊？连动作都这么迟缓。”继续把一口冰激凌塞入口中，道：“我觉得，我也就当一个默默无闻的自由音乐人就行了，可以开个培训班，教小朋友唱唱歌、跳跳舞，弹弹钢琴，那也能把小生活过得美滋滋的。等到名气有了,别人都找我教,我也可以任性一把,一到假期我就放假,这样才好呢!”

“那你嘞,树菲?你是想去继续追求你所谓的音乐梦,还是当个你擅长的自由撰稿人?”林舒雅看着周树菲。

“不告诉你。”周树菲紧闭嘴巴,只顾吃冰激凌。

“告诉我嘛。”林舒雅把凳子挪到周树菲旁边,撒娇地挽过周树菲的手,“跟你认识了这么久,你可都没有告诉我你将来想干什么,做什么工作,或者在哪个城市发展。快告诉我嘛。”

林舒雅一脸期盼,周树菲看着沉思了一会儿,道:“其实,我也不清楚自己未来到底要干些什么。”

“诶?”林舒雅惊讶地问,“你不都一直很喜欢音乐吗?你没有想过当个音乐制作人、歌手之类的?”

“我知道,但我不知道我以后应该做些什么。”周树菲用勺子在几乎快化成水的冰激凌里搅拌,“我想去北京,我想在北京创业,也许当个自由工作者,或许不会从事有关音乐的事业。但我现在想沿着音乐这条路走下去,一直走下去,船到桥头自然直。我想,我以后应该还是靠写写文章赚点稿费,在生活中偶尔玩玩音乐。”

林舒雅点点头,说:“这样也不错。”

“反正,我现在目标只有一个,去北京读一个好大学!”周树菲补充道。

“北大,还是清华?”林舒雅胳膊肘碰了碰周树菲,问道。

“那要看北大清华哪一个肯要我是吧?万一我过于优秀,两个学校都争着要我,那可有些纠结啊。”周树菲一脸为难,好像她现在就面临着这个天大的难题一样。

“嘁！”林舒雅不屑地别过头去，仍旧紧紧咬着勺子。

想了一下，林舒雅又问：“你为什么会想去北京读书？其他那么多大城市，像上海、杭州也都很不错。不要说你是因为北京是中国首都而去的，或者说你自己就爱去北京。你是不是还有什么秘密没有告诉我？”将目光锁定周树菲：“快点说，给我如实招来。”

周树菲摇摇头，认真地回答：“这还真的不能告诉你。”

“是吗？”林舒雅伸出双手，把“魔爪”伸到周树菲腰部。

任凭林舒雅如何威胁，周树菲就是闭口不答。实在没有办法了，林舒雅停下动作，思索了一会儿，分析道：“你这个秘密可是很深啊，应该跟人有关吧。”还坏坏地对周树菲笑：“算了吧，我也就不追根究底了，都说了船到桥头自然直，到时候了，我也就知道了。”

周树菲一脸得意地吐了吐舌头，似乎在炫耀自己的功绩。

“周树菲！”看着她一脸“你奈我何”的状态，林舒雅生气地咬住勺子，恶狠狠地盯着周树菲，“你也不要太得意，我这么神通广大，到时候你可就没那么威风了。”

“好，好，好，我不威风、不威风。”周树菲乖巧地帮林舒雅捶捶肩膀。林舒雅也理所当然地享受周树菲的服侍，优哉游哉地继续享受味美冰爽的哈根达斯。

不一会儿，林舒雅失望地在见底的盒子里挖掘那一点白色汁液，垂下脸，自言自语：“怎么没有了啊？这分量也太少了吧！”说着懊恼地把勺子咬破了。

周树菲凑过去，轻声问：“要不，再来一份？”

“好呀。”林舒雅的脸一下子就灿烂了起来,多云转晴,犹如英国的天气那般阴晴多端。

“OK,还是我请了?”周树菲站起身来,询问道。林舒雅毫不客气地点了点头,周树菲为难地掏出钱包,叹息地摇摇头,看着一点点扁下去的钱包,心疼呀,道:“林舒雅,你这回可吃穷我了。”

“没事没事,大不了下次我请回来啦。”林舒雅振振有词。

“这可是你说的。”周树菲放心地点点头,也来一个施威,“你可等着,我下次专挑最贵的,看不把你吃穷了我就不是周树菲。”

林舒雅一脸的无所谓,巧妙地回答:“你舍得花钱,你就点呗,反正我付钱嘛。你看啊,一张人民币在你的面前无情地溜走,别人手中的毛爷爷对你说着‘再见’,那真是心如刀绞啊。”

周树菲天生想象力丰富,把林舒雅刚才描述的画面极其细致地在脑海里呈现了一遍,一张一百元的红色“毛爷爷”,还楚楚动人地在她面前晃啊晃,她咽了咽口水,目不转睛地盯着那张红钞票被缓缓放在收银员手中,心疼得吸了口凉气。

晃过神,她惊悚地摇了摇头,看了看手中的钱包,无奈,去买冰激凌了。

林舒雅看着周树菲一副惊吓过度的样子,在背后默念:“你呀你,周树菲,我可是最了解你了。你就那样,绝对不舍得点最贵的。”偷偷笑了一下,心里暗喜。

吃完又一份哈根达斯之后,周树菲便与林舒雅告别了。周树菲回到家里,此时周朝阳还没有下班。

周树菲回到卧室，顺手把书包一扔，书包倒在房间的角落里，可怜地躺在那里。周树菲坐在书桌前，翻开那一本她曾经记录过文字的本子。许久都没有写些什么了，她拿起笔，用笔抵住下巴，思索了许久，突然，醒悟地点点头，在本子的新一页纸上，写下这么一段文字：有时候，想什么，不代表以后一定要去做什么。想的，是一种精神上的，或者说是心灵上的寄托与慰藉，它也许是虚拟的，也可以是真实的；做的，就是实际行动，从来没有虚假和真实之分。当我们想的和做的，是一致的时候，我大概会把这种状态，称之为“梦想成真”。

第二章

经过几天匆忙的准备，周树菲带着临时编写的稿子，争分夺秒地开始记忆。陈伟和阮元意也一样，每一个课间，都能看到他们三个人努力的身影。

比赛前，王柳来为三个人打气加油，露出难得的柔和的笑容，道："加油加油！希望你们都能正常发挥，争取赛出自己满意的成绩。"还意味深长地看了一眼周树菲。

周树菲收到了王柳眼神上的鼓励，也笑着点头回应，王柳会心一笑，便也放心地回去上课了。

三个人坐到自己班级的选手等候区里，屏息凝神地聆听着其他人的演说。

他们个个激情澎湃地讲述着自己的梦想，以及一个个与梦想有关的故事。他们中间，有的想成为一名普普通通的人民教师，救死扶伤的医生护士，或是想成为国家的重要干部、科学工作者；有的想从娱乐方面发展，比如歌手、演员、主持人……还有的想要环游世界，吃遍世界美食。他们毫无顾虑地大声说出他们的理想。

心细的周树菲发现，当他们在讲述自己的梦想的时候，脸上都是带着笑意的，那么快乐地说着。上扬的嘴角，是由一张张坚定不移的脸庞做到的。周树菲听着，也轻轻笑了，她很荣幸，能够听到他们的梦想。虽然不知真实与否，但从他们的眼神中，她相信，每一个追梦的故事一定都是真实的、发自肺腑的。

无论多么远大的豪情壮志，或者是简单朴实的小小理想，那都是同等美好的。

每一个梦想都值得去细细品味，苦涩中，尽是甘甜滋味。

很快，不知不觉间，快轮到他们班上台了。阮元意是第一个，此刻的她，有些焦急不安地不断看着手中的稿子，陈伟反而显得淡定从容，但也是专注地注视着手中。

唯有周树菲，仍是不急不躁地欣赏着台上其他人的表演。每一句，每一字，在她看来，都能与她的内心产生大大小小的共鸣。都是美好的，即便平凡，那也很伟大，周树菲默默思考着。

“有请下一位同学，九年级十一班的阮元意。”主持人在台上报名字。

阮元意有些紧张地深深呼了口气，又瞟了几眼手稿，将手稿交于周树菲保管。“元意加油！”周树菲在一旁助威。阮元意微笑着坚定地点点头，心情有些放松了，大步朝台上走去。

待阮元意站好后，评委老师礼貌地说道：“请开始你的演讲。”

阮元意自幼学跳舞，多次在舞台上演出。虽说首次演讲还是会有些紧张，但在舞台上，她又找回了平时的感觉，渐渐自然了，双手垂在大腿两侧，面带微笑地点点头，开始她的梦想之旅。

清脆响亮的声音打破了等待时刻的那份安宁。阮元意抑扬顿挫，情感丰富，犹如百灵鸟一般，将她心中的那一个“天鹅梦”缓缓诉出，犹如歌唱。

阮元意擅长芭蕾，她说，她喜欢踮起脚的感觉。这样，她似乎可以将这世界看得更高更远，她爱“天鹅湖”，那一幕幕动人的，如歌如泣的梦幻似的爱情故事，在她心中，永远占据着不可动摇的地位。

明显地,阮元意由轻轻讲述着故事,到后来,愈加情感浓烈了。她甚至双手不住地摆动,那一次次的起落,有坚定,或是柔和,她大声地说,那分明是喊出来的:“我热爱！我热爱！踮起脚尖,让我走得更远,让我看得更高。那一眼明净的天鹅湖,倒映着我心中的永恒!”

掌声。周树菲惊呆了,平常看着文文弱弱、细声细语的文静女孩阮元意,竟然会在最后发出那样热情嘹亮的呐喊“我热爱！我热爱!”她忘记了鼓掌,她看到了另一个阮元意,一个坚持、热情,向往浪漫的可爱女生。

原来,梦想的催发,会让一个人变得更加真实。通俗地说,在梦想之下,一个人寻找的本能会毫无保留地暴露。因为有梦,所以我们才更加完整,我们才充满希望。

阮元意热情的演讲,赢得了评委老师们的一致喝彩,几个老师在台下商议着,都赞许地点点头,脸上露出欣赏之情。

轮到陈伟了,他从容地跨着大步迈上舞台,很友好地对评委老师们微笑,站直身子。“梦想,似乎是一个很缥缈的东西,但有时候,却又真实得让人憧憬与渴望……”开始了他的精彩演讲。

同周树菲一样,陈伟是一名文学才子,他写的议论文,总是具有鲁迅的批判思维,条理清晰;写的散文,也总是有着朱自清的多感,被语文老师戏称为“朱鲁体”。而周树菲的文章则与三毛有点相似,有时又独具个人特色,老师赐号“三毛风”或者“周氏笔法”,周树菲也很喜爱这两个称呼。

这样一位文学才子,对于政治,抱有极大的兴趣。由于陈伟的父亲是市长秘书,他从小便受到这类政治的熏陶,因此陈伟便生出了“帮百姓谋福”的志向。

这个想法别致独特，所有讲梦想的人中，几乎无人提到“从政”这一愿望。唯有陈伟，以新颖的选材成功博得了评委老师的注意。

陈伟在台上挥洒自如，豪言壮志，着实有一位领导干部的风范。无论是诗意的句子，或者是专业的文学术语，从陈伟口中说出，都那么富有光彩。

“龙头、猪肚、凤尾”是陈伟的演讲最突出醒目的特点。

似乎不仅仅是周树菲一人，在场的学生，乃至主持人、评委老师，都被陈伟的稳健所折服，全场上下，只有陈伟一人，身放异彩。

在周树菲看来，陈伟是那位手执画笔的人，在空白的纸上，增添了许多炫丽的颜色，一刹那，这张原本空白的纸张，变成一张宏伟的人生蓝图，远大、辽阔。

可以看出，评委老师谈论得热火朝天，显然是对陈伟的演讲充满了赞赏。

终于，轮到周树菲上场了，原先在台下若无其事，一到要上台的时刻，心脏也就剧烈地跳动了起来。周围如此安静，她觉得自己的心跳声格外响亮，甚至在整个大厅里回响。

她忐忑地站在她将要展开演讲的台上。所有的目光不约而同地集中在周树菲的身上，学生、老师，头上的灯光与其他人的眼神夹杂在一起，灼烧着周树菲的身体。手和脚在颤抖，肩膀在颤抖，似乎连每一根发丝也同她一起颤抖。

周树菲不知道把目光落在哪里，老师？同学？无奈，微微低下头，台下一张无人坐的空椅，成了目光的着落点。

“请开始你的演讲。”一位女评委老师温柔地说道。

周树菲开始抬起头，看着第一排的评委老师，他们都满脸期待地看着周树菲，等待她的演讲。周树菲内心猛地有了信心，轻轻绽开笑容，开始了属于她自己的演讲。

“我总是在做梦,梦见自己变成了金鱼,变成了风筝……似乎梦境会让我更好地体验不同的事物。但我的梦中,从来不会出现一种场景,便是我梦想成真的时刻,因此,我常常想,是否是因为梦想太真实了,它不适合在幻想中诞生,反之,它应该属于我的现实生活。

“应该,我拥有一个相对大众化的理想,刚才许多选手都有提及过。即便这个梦想不是独一无二的,也没有什么特别之处,但它在我的心中,永远占据着,是那一席亘古不变的地域。我希望,我能够在很多人面前,唱出我自己创作的音乐,我希望,我的音乐也可以属于大家。这种种实现之后的自豪与欢喜,也并不是人人都能够感同身受。

“我的父母,都从事有关文学的事业。不过我的父亲却是一个懂音乐的浪漫男人,他以前家庭条件不好,虽然不精通,但是很热爱,一直在执着地追求。曾经听过他们的往事,我父亲以一首原创的《我爱你》,成功俘获了我母亲的芳心,因为这样才有了他们美好的爱情故事,才有了我的诞生。

“在几年前的一天,我的父亲离开了我们,我不知道他去哪儿了,也没有一点关于他的音讯。他走得就像一阵风,过了就没有了痕迹,再也找不到他曾经吹过的气息。我想他,我很想念他,我知道他是去做自己喜欢的事情,过一种自己理想的生活。但当我看着其他人都能与父亲打闹嬉戏,还总是受到父亲的严厉批评,我很羡慕他们,真的,十分羡慕。我父亲说过,他的梦想是去音乐之都——维也纳,他想去追求一种心灵的乐章。

“我心里,从那刻起,就以‘失去’为代价,换来了这一个难能可贵的音乐之梦。我曾经这样问自己,假如我的父亲没有离开,那么我还会有这个愿望吗?

那时我不知道答案，但现在我知道了，无论如何，这个答案都是唯一的——是的，永远都会有的。

“那时的我，因为想让父亲看到，我——她的女儿也在同他一起追求音乐，想着，父亲知道以后，一高兴：嘿！我的女儿真棒呢！我要陪她一起努力。然后回到了我们的身边。但我等了这么多年，漫漫长夜地守望，也终是等不来父亲一个字符的回音。

“我渐渐习惯了这样，也将这种生活当成常态。随着时光的推移，我改变了原来对音乐的观点。我开始像父亲那样，追求心灵的乐章，我发现，在与音乐的相处中，当它逐渐深入人心的时候，你会感受到一种愉悦，一种独特的享受。

“又是许久，我发现，这种感觉也叫作思念，或者叫作缅怀。

“我对于音乐的热爱，与其他人不一样。正因为如此，我的梦想才变得不一样，那只属于我一个人的梦想。

“无论如何，我对父亲的思念仍在继续，也促使我在音乐路上，更加卖力地奔跑。我一直期待着，期待着有一天，我能与我的父亲共同创造出一首，不仅属于我们，也属于大家的心灵的乐章！”

周树菲讲得几近热泪盈眶，落下最后一个字，她深深地向评委与其他同学鞠了一躬，郑重地说：“谢谢大家，我的演讲完毕。”她几乎快说不出话来了，她不知道其他人怎么想，但是她已经深深地感动了自己。

父亲，是周树菲心中，含泪的一个伤痛……

只觉得台下掌声雷鸣，她抬起头来，看到了，所有人都看着她，所有人都在为她鼓掌。她轻微抿起嘴唇一笑，感觉得到了另一种安慰与欣喜，含泪，却又欣慰。

回到台下,阮元意一脸惊讶地对周树菲说:“树菲,你讲得好棒啊,很感人。”

“是吗?”周树菲愣了一下,“谢谢。”又匆忙坐好,偷偷擦去眼角的泪水,她原来的稿子并没有这么多抒情的话,可能是因为突然之间对父亲的思念就涌现了出来,一下子没有控制住情绪。

她抬起头,仰望着灯光闪烁,她闭上眼,深深吸口气,在心里默念着:爸,你听到了吗?你快回来吧,我好想你,妈妈也很想你。我们再在一起,好好的……

评委老师现场评分。最终,陈伟以新颖的题材,极佳的演说水平,成功晋级,去参加市级的比赛;阮元意则以第七名的排名与晋级擦肩而过;周树菲的演讲很精彩,也很感人,可惜有些偏题,所以很遗憾名落孙山。

不过这也是周树菲所愿的,接下来,她就可以把所有的精力统统投入到学习中。经过这一番演讲,她听到了许多的梦想,她也很欣慰,有这么多追梦的少男少女与她同行,她在通往音乐这条路上走得一点都不孤单,反而更加充实美好了。

但,这也让她了解到,“追梦,是建立在学业的基础上”,她既然想要考上北京的一所好大学,那么,她必须要抓紧学业。这是作为一个人实现梦想的基础条件。

王民麒,我的导师,我的合伙人。周树菲承诺,一定会去北京找他的。

她会做到的,为了梦想,为了友谊,也为了那一声“我的合伙人”……

比赛结束后，王柳得到了比赛结果：九年级十一班的陈伟、八年级一班的杨志伟、八年级九班的蔡成雅、七年级二班的李帆帆、七年级十班的刘颖五人代表学校去参加市级“我是演说家”比赛，与全市百余名学生比拼首届“演说家”奖杯。

王柳很满意这个结果，她信任陈伟的能力，陈伟各方面都很优异，综合能力很强，放手让他在最后关头一搏，如果能获奖更利于他今后的发展。周树菲便不一样了，她虽然成绩优异，但是专注力不够强，心静不下来，这一点让王柳很头疼，没有选上，反而更利于让周树菲全神贯注于最后的考试。

“很不错。”王柳的手搭在阮元意和周树菲的肩膀上，“你们已经很棒了。元意，你也很棒，只差一点点而已，毕竟名额很少，总不能让我们班就占了两个吧。学校也会对你们进行额外的奖励，听说一到十名还可以有五十到两百元的奖励呢！”

王柳的说笑，让原本有些苦恼的阮元意又重新振作了起来。四个人都笑了起来，阮元意笑得尤其灿烂。

待阮、陈二人走后，王柳叫住周树菲，笑着对她说：“树菲，你很不错，听说你的演讲很感人。”“跟预期的一样，我没有选上。”周树菲尴尬地笑笑。

“不过，这倒符合我的想法。”王柳停顿了一下，小心地问，“树菲，你不会觉得我很狠心吧，为了让你能够上重点高中，让你放弃一次展示自己的机会。其实，你有时候，也很适合演讲。”

“不会啊。”周树菲平静地扬起嘴角，“我也是这么认为的，选不上对我来说是一件好事。”

“你能这么想，我也很欣慰。”王柳放心地点了点头，“你各方面条件都有很大的潜力去冲刺自主招生,希望你能抓住机会,一个好的高中,也预示着一个好的大学,机会会更多。老师是真心想要你考上我市重点高中,为我们十一班争口气,也帮老师打一个响亮的名号。老师以后的名号响不响,可都要靠你们这几个人了。”

周树菲笑了,坚定地点点头,说:“一定一定,王老师你放心吧!”

王柳又笑了,周树菲从来没有看见王柳笑得这么灿烂,洋溢着青春的光彩,毫不顾忌地大笑起来,有着少女的姿态。

“原来,我自己,就是一个希望!”

看着王柳,周树菲感到无限的动力,不论是学习,还是梦想。她发现,原来她在别人眼里就是一束光,很亮,很耀眼。她要把这光芒散发得更加辽远,直达云端!

有时候,看到自己这样重要,也是一种美好。

生命中有太多的“如果”,或是“假如”,若能看到自己本来的样子,实在难能可贵。世上道路崎岖纷杂,或者有些就是没有路的,任你在一片旷野之上,踩出一个个“可能”。

其实,每一个人的人生都不是一部被早早写下结局的小说,其中会有更改,会有创造。但有时我却相信,你只要心中有念,最终会追随着、追随着走下去,按照自己写给自己的剧本走下去。

“追梦”,说实话,是一个很普通、平凡,甚至早就单调、乏味、虚无了的动词。所谓“追梦”,也不就是一种自己的理想状态罢了。

心会变,梦也会变,所有的所有都不会是一成不变的。就像恶人也会有改过自新的那一天，满天的乌云也会被晴空驱散。所以，不敢说，一个坚持了几年、几十年，或者更久的梦想，会不会被时间这把利剑磨平，从锋芒毕露的张狂棱角，成为最后平滑的平面图。

周树菲也是凡人，最终也会遵循命运的安排，臣服在日常生活节奏中。可是，至少现在的她，倔强地、倔强地不愿去臣服现状。她将创造，她将回到自我的世界中去。

“我就是要去追，再苦也要去追，就算做平凡人，也要做一个精彩的平凡人。”周树菲在日记中这样写道。任性、固执，是所有“追梦人”的缺点，坚定、执着，亦是所有“追梦人”的优点。何为“精彩的平凡人”？不过是活出自己的色彩，不为柴米油盐而忧心忡忡，不被“钢筋水泥”牵制得寸步难行。

遵循自己的心，活着。

王民麒也好，林舒雅也罢，或者是更多更多的人。遇见，是一种缘分；相识，是一种幸运；深交，更是一种可贵。

理想有同有异，愿望有大有小。这似乎都不能成为影响他们彼此促进，更有动力去追求自我的理由。王民麒的热衷，林舒雅的平淡，或者是周树菲的理性，在成长前进的道路上，可以相互弥补，相互鉴取，当然，这只限于三个人对音乐的态度方面。

“我想要一个最理想的环境，跟你一起去追求那一个叫作‘梦’的东西。”

“可惜没有理想，只有现实。”

“我们可以想办法去创造呗。鲁迅先生说得好，这世上本没有路的，走的人多了，也就有了。正所谓有些东西是‘无所谓有，无所谓无’的。”

这是两人之间的对话，可能周树菲在这中间看起来有一些消极，但是实际上，她却是最充满信念，抱有最大憧憬的人。可能只有她自己知道这是真实的自己，也可能很多人都知道，她是一个总是心怀希望，但是却只字不提的人。

卧室。

这是周树菲宣泄灵魂的场所，一个人的房间、一个人的窗，当一个人在一间房中时，似乎窗外的一切景色，蓝天、白云、绿树、红花、飞鸟，都成一个人的了。天为你而蓝，花为你而绽放，一切的一切，都冲击着心灵最深处的情感，牵引出你的万般思绪。

“也许，我不是最成功的追梦人，至少我是最执着的那一个。”

既然梦想从内心深处来，那么就让现实成为它茁壮成长的场所！

第三章

风吹过几个春秋，又是一场冬。

当夏花绚烂过后，秋叶归根土壤，只剩下漫漫长寒了。

周树菲不知从什么时候起，爱上了这样的冬天。冷，又冷得刺骨、冷得温馨。她裹着长长的羽绒服，系着围巾，那是一种蓝天的颜色，没有戴帽子、耳罩或者是手套，只能把手尽力伸进口袋深处，汲取微弱的暖意。

北京的冬天，比家乡寒。但她早就习惯这样被紧紧包裹的“武装”，所以，不戴厚厚的毛绒帽子，不戴宽大的耳罩，也不想戴手套，拿东西、做事情脱来脱去，也太麻烦了。

这样的她，偶尔也是北京街头的奇葩，但在北京实在太匆忙了，没有空停下来感叹一下，再仔细琢磨一下，这个南方来的不怕冷的姑娘。

两个“冷”，北京——家乡，是截然不同的吧。北京风小，天气干燥，周围的温度伴着雪花悄无声息地下跌，跌到你的骨子里头，你就会觉得寒凉了。家乡就不一样，江南的冬不是很冷，就是风大了，呼啸着、呼啸着，吹得你睁不开眼，带着寒气，赤裸裸地落进你的衣服里面，冷得人打哆嗦。

这是在北京的第一个冬天，周树菲顶着低温，在街头闲逛。她在考虑，今年是回家过年，还是周朝阳来北京的问题，自从她上了大学，就没有回家过了，半年，说真的，也有 113 天了，很久。太久了，对于周树菲而言，但是她又有点舍不得离开。

暂时借住在一个阿姨家里,平常会去琴行弹会儿琴,自己编那么几首曲子,偶尔也写写小故事,记录下在北京的点点滴滴。

她承诺过会来北京,她实现了。

可,就这样,反而使她离王民麒更加遥远。

就在高考前的一个月,她与王民麒最后一次发邮件,王民麒在信中写道:周树菲,我要开始新的征程了,恭喜我吧,我将创造出更优秀的音乐作品,请相信!周树菲也回信:恭喜你,我也即将实现我们的约定了,也算是我的一个新的征程吧,提前祝贺我一下。

王民麒回答:请你按照自己的意愿,追随自己的心灵,不要被其他人影响,而改变你自己的人生方向,你应该有一条属于自己的道路去走,希望你可以找到那一寸真正属于你发展的土壤。

开始,周树菲觉得这句话是在鼓励她继续走下去,她开心地笑了,在心中也同样期盼着这一天的到来。

疯狂的高中三年,在高考后彻底拉下帷幕,大家都疯狂了,甚至比考前更疯狂。周树菲笑而不语地看着他们跑、跳、疯狂地尖叫。

她也觉得自己疯狂了。

原来,王民麒新的征程,是对周树菲的告别。当周树菲满怀欣喜,向王民麒报喜的时候,却等不来他的回答。

喜悦,在那一刹那被一摊冷水浇灭。一个暑假,半年大学时光,没有回信了,也再没有消息了,什么都没有了。周树菲自此,失去了王民麒的音讯。

一切都太突然,仿佛之前的相互鼓励、扶持,一起加油努力都成了泡影,沉浮不定。最后一次的交谈，浏览、再浏览，一次、两次……瞬间，这个朋友是真的走了，走得彻底，头也不回。

周树菲在街头，转角到北京的一个小公园里，人比较少。她踩着积雪，看着身后一串脚印，就像她以前的奋斗路程那样清晰。她想不透为什么王民麒会以这样一种方式告别，在邮件中，悄无声息。

在北京的生活很充实，她看过天安门的升旗仪式，走过广场，远眺故宫……几乎每一个周末，作业完成了，就拉上几个北京的本地学生，一起游访北京。吃过冰糖葫芦，啃过正宗的北京烤鸭……胃也十分充实。

林舒雅去了一所杭州的音乐学院，她的爷爷就在杭州工作。现在她选择了一个"吉他制作"的专业，她说，这种一个乐器从单一的大木头，到成形的制作过程很有趣，也让人很有成就感。在高中的时候，她曾在电视上看过一个发明节目，那里面就有吉他制作，他们可以按照自己的需求和喜好制作乐器，那时候她就对吉他制作产生了好奇和浓厚的兴趣。现在她也可以很娴熟地制作吉他的某个部位了，她也期待着有一天，能够制作出一把属于她自己的吉他。

她同时还选修了钢琴和唱歌，这两个她从小就比较拿手的项目。林舒雅跟周树菲提起过她想当个私人音乐教师，现在，她周末也会兼职当钢琴老师赚点外快，教她爷爷一个客户的小孩弹钢琴，收入也非常可观。

与此同时，她的日常生活也很滋润，杭州小吃街，一条龙下来，不到两个月，她就吃遍了杭州城。周树菲感慨："真能吃，叫你未来的老公怎么养你啊？""我自己赚钱自己养活自己，靠男人的女人，没有自主权，很吃亏的。"林舒雅坦然回答，语气中还透露着一丝霸气。

相比之下，林舒雅就经常回家，杭州离家近，一个月来回一次，也成不了大问题。就在前几天，林舒雅还羞涩地发来一条信息：菲，有一个酷似周子晨的小帅哥最近在追求我，声音很好听的，今年他还说要来我们那里玩嘞。又附上几个“脸红”的表情。

“哦——”周树菲不怀好意地发过去，“有戏哦，求照片。”引来林舒雅几阵隔空白眼。周树菲也随心笑笑，她对这些并不感到多大兴趣了，因为长大了吧，“小女生”这个词离她也逐渐遥远了，青春的萌动在高中的压榨中已经无影无踪，只留下回忆和遐想。

现在的她反而会追求精神上的喜悦，偶尔在路边小巧的咖啡馆里点一杯苦涩的原味咖啡，不加糖，也不加奶，静静端着，感受热气渐渐下沉，温暖逐渐化为冰冷，一点点，一点点喝下去，看着窗外的人与人，车与车，形形色色，匆匆忙忙和悠悠闲闲，愉悦和悲伤……都在窗前、一杯苦咖啡前呈现了。微涩流入口腔中，味蕾常常因此打个战，但猛力一吞，也便下去了。

一个下午，消磨在苦涩中，人潮中，似乎也是一种别样的幸福。

有时也会捧一本小说或散文，此时她要点一杯清茶，澈与静，在一个宁静和谐的环境中显得格外分明，在嘈杂的都市里，又表现得这样独特。

也有过一个午后，耳机稀疏地垂在身上，流淌出熟悉的旋律，那一首隽永的《合欢树》，还有励志向上的《I hope》……

SHOOTING STARS 如今也出了许多新专辑，苏擎也渐渐形成了自己的独特音乐风格，创作了很多优秀的作品。但在周树菲看来，却比不上青涩稚嫩的第一首，也许是因为有纪念价值，所以会一直保留着。

提到苏擎，周树菲感到十分欣慰和感激，每半年时间，就会有一次交谈，听说周树菲马上要高考了，还特意发来一句“加油”。虽然简单却又温情满满。

每次的只言片语,也就成了周树菲宝贵的珍藏。

忘不了在一个访谈节目上,看到 SHOOTING STARS 的出境,主持人问苏擎:“从什么时候起,你发现你对音乐创作的热情,并且努力去打造自己的音乐风格呢?”苏擎似乎就是脱口而出的:“因为好几年前被王跃山老师邀请去他家乡做一次演出。我们看到了两个女生,她们没有在舞台上表演,而是默默在一个大家都不在的地方唱歌、跳舞,却还是异常开心,这就是我看到的,她们对于音乐的热情,更难以想象的是,她们的歌曲是自己写的,舞蹈是自己编的,虽然不是很完美,但是她们有一颗自己的音乐梦。那时候我就在想,我既然有这样好的条件,也应该像她们一样发挥出自己对于音乐的激情,去创造,去创新……”

周树菲呆了,目不转睛地看着。电视那头,讲述的也是自己的往事。惊愕,是的,千言万语以排山倒海之势涌来,却难以吐露出一个字。她心里知道,那两个女孩——一个是十五岁的周树菲,一个是十五岁的林舒雅。而如今,都已经是两个大学生了。

她享受在北京的时光,温暖温馨,似乎有一种归宿感,叫作心灵的第二个家,原来只是因为一个重要的人,便埋头努力,想方设法来到北京。当真正来到北京时,却发现那个重要的人因此失去了联系。半年之短,或者是半年之久,她就如此,爱上了北京这座城,有古老,有现代,双面的色彩,带她往返过去与未来。

是挺享受的。

假期里,周树菲喜欢一个人在偌大的北京城里转,看了一遍又一遍城里的风光,似乎也不会厌倦。

在这里,周树菲也很幸运交到了两位新朋友——一个是女篮队队长,身高一米七五,足足高了周树菲一个脑袋,另一个是一个地道的北京姑娘,腼腆可爱,小小的婴儿肥。女篮队长叫陈苏扬,北京姑娘叫舒倩。

她们经常一起光顾学校门口的咖啡馆。陈苏扬喜欢喝奶茶,这里的奶茶十分纯正,舒倩却偏爱这里的甜品。这里名义上是唤作"咖啡馆",实则是一家甜品、饮品类的小店。周树菲只点她不喜欢的咖啡。

舒倩和陈苏扬就都笑她傻,干吗总逼自己吃自己不喜欢的东西。周树菲笑笑道:"能把自己不喜欢的变成喜欢的,那也挺好。"舒倩和陈苏扬也便没了话。

"多幸运!"周树菲在学校里时常跳出这么一句高兴的短句。

她认识了一位老师,是教近代史的殷小阳老师,他也很喜欢音乐,甚至还吹牛似的向周树菲说:"我可是帮刘德华写过词的!"谁知道是真是假。

殷老师上课也会唱歌,每每遇到一些历史民谣名曲,他总会斗志昂扬地给大伙儿唱上几句,虽然每次唱完都遭来其他学生的吐槽,台下唏嘘声一片,但大伙儿谁也没有说过殷小阳老师唱歌不好听。

其实,殷小阳的学生都打心眼儿里佩服殷小阳的唱功,还有其他老师调侃:"小阳,你唱歌都快赶上刘欢了,到时候出了名,可得记得我们这些旧同事啊。"殷小阳也毫不谦虚,不住点头:"好！好！那是一定的！到时候我出个人专辑了,咱们办公室人手一份,免费啊!"赢得众人的一致喝彩。

周树菲曾经把自己的曲子偷偷给殷小阳过眼。殷小阳当天一下课,就激动地找来周树菲,唱戏一般很快地说道:"这你写的？自己独立完成的？太棒了,不错哦！好极！好极!"音调还不是往上扬,听得周树菲说话都有一种"剑走偏锋”的别扭感。

也就是从那一次以后，殷小阳几乎会天天找周树菲来办公室谈论音乐，聊聊作曲那些事儿，办公室的老师大多都因此认识周树菲了。一天，一个老师不知是有意还是无心一句话：“同学，你来办公室，都好像去你寝室那样频繁了。”

周树菲尴尬极了，她不得不几次拒绝殷小阳的邀请。最后达成协议，每个星期五去办公室，殷小阳带周树菲写词编曲，她也欣然同意了。

一个雪后的晴日，听说学校来了一位新的教授，是一位音乐鉴赏专业的专家，又听说他在学校里开试听课。周树菲和舒倩一同去，原本也招呼了陈苏扬，可这个大大咧咧的姑娘对于这些小情小调的音乐不感兴趣，并不打算听。

人来得挺多的，前面都坐满了。舒倩和周树菲到得晚，只得坐在后排，舒倩抱怨地说：“早知道就早些来了，这个教授也不知道什么来头儿，似乎挺厉害的。只可惜没有抢个好位置，真是可惜了！”

周树菲则平静地看着台上。一个西装正衣的四十多岁的男子走上讲台，台下的骚动一下子便停止了，都屏息凝神地盯着讲台上那个神秘的教授。

教授不紧不慢，打开幻灯片，缓缓微笑着抬起头，用厚实的嗓音道：“各位同学，大家好。首先，我要感谢有这么多同学来听我的试听课，其次，我也有必要先做个简单的自我介绍。我姓杨，叫杨泽文，大家可以叫我杨老师……”

周树菲看到那个教授第一眼时，她就已经惊讶到不敢言说，太像了，勾勒的轮廓，有神的双眼，是父亲，儿时的记忆里面，那个让她日思夜想的父亲，只是相较以前而言，苍老了许多，她紧咬住颤抖的嘴唇，心也在颤抖。

一时间，她感到心在翻涌，却又表现得异常镇定，千思万绪全部集中到台上的身影，惊喜、失意……

杨泽文问道:“我先询问一下,各位同学,你们为什么会喜欢音乐呢?”台下的学生一片沉默。

杨泽文展开笑容,扫视了台下,目光停留在后排的一个角落里,点点头:“那好吧,我请同学来回答,后排那位穿着蓝色衣服的女同学听得很认真,那就请你来回答一下我的问题。”

一时,所有的目光都聚焦在后排的蓝衣女生身上——正是目不转睛盯着杨泽文的周树菲。她缓缓站起身,心中有千言万语,“爸爸,你还认得出我吗?爸,我是树菲……”她没有说出来,只是忐忑地看着杨泽文,一阵欢喜,一阵忧愁,或是一阵悲伤。

杨泽文问:“同学,你是什么专业的?你叫什么名字?你能向大家简单阐述一下你喜欢音乐的理由吗?”

周树菲颤抖着,她在酝酿,她担心脱口而出的话太突兀。时间静止了一会儿,她缓慢而小心地说:“我,我是杨树菲。我的父亲是一个音乐爱好者,受他的影响,我对音乐有一种莫名的好感,后来我的父亲离开了我,喜欢音乐,也就成为思念父亲的一种方式。”

安静。

杨泽文停滞住了目光,笑容也僵住了,他惊愕地看着眼前已经亭亭玉立的女孩,张口欲说,又欲言又止。过了一会儿,他有些沉重地问:“你的父亲为什么要离开你?他,回来了吗?”

“没有。”周树菲对着杨泽文展开一张纯真的笑脸,道:“我不知道他为什么离开,不过我相信他会回来的,因为他知道我和妈妈在等他,也知道他的女儿对音乐爱得深沉,也是缘于他。”

“他不是一个好父亲。”杨泽文垂下脸静静转身回来讲台上，“你不该这么坚定。”

“不，他是一个优秀的父亲。”周树菲摇摇头，“他敢去追求自己的梦想，义无反顾，坚定执着，在自己理想的路上，甘愿去吃苦。不过，他也许是因为追梦太辛苦了，所以他忘记了，他的身后，还有一双妻女，在盼他回家。”

杨泽文明显地在颤抖双肩，低下音量：“谢谢你的回答，请坐吧。”

周树菲坐下，泪水不知什么时候已经挂下了脸颊，她慌忙拿出纸巾来擦拭。

杨泽文再次抬起头颅，继续讲课，但语气似乎不如刚才上课时那般欢快了。周树菲笑着听父亲讲每一个字，每一个音，仿佛这一切只为她一个人讲，她又听到了父亲久违的声音，看到了熟悉的面庞，哪怕声音有些沙哑，脸颊布满了岁月的痕迹。

课后，周树菲与舒倩告别，待所有学生都走完之后，默默来到杨泽文身边，看着他把教科书、教案整理好，抬起头对上周树菲。

周树菲展开笑容，大大咧开嘴，泪水再一次奔涌而出，又哭又笑。杨泽文的眼眶中也充盈了泪水，垂下手，书掉落在讲台上。

“爸。”周树菲颤抖着叫出这一个多年没有叫过的字，“爸，好久不见。”

杨泽文上前紧紧搂住周树菲，用下巴抵住周树菲的头，闭上眼睛，泪水早就顺着脸颊流了下来。周树菲犹豫地伸出手，轻轻抱住杨泽文的背，平静地感受阔别已久的父亲的温度。

杨泽文松开手，看着周树菲，长高了许多，眼睛长得跟周朝阳很像，他不住地说：“女儿长大了，我家树菲长大了，爸爸都认不出来了，是不是都要赶上妈妈了？树菲再也不是那个爬上爸爸肩膀要爸爸背的小娃娃了……”

“爸。”周树菲心中积存已久的话语终于有了倾听的对象，今天她将它们都说了出来，“我真的好想你，妈妈也很想你，爷爷奶奶他们也都一样，我们都很想你。你去哪里了？为什么这么多年都没有消息？你知不知道，妈妈很伤心，十几年了，我们都在等你回家，你却连一点音讯都没有，那时候走得悄无声息。爷爷奶奶年纪都大了，他们需要你，爷爷前几年还摔伤了腿，到现在还落着病根。你怎么都没有想过回来看我们一眼？你知不知道我有好多话想对你说？我现在还学会了作曲，妈妈也很支持我，以后我拿给你看。爸，我们真的好想你，你以后可不可以不要离开我们了？”周树菲看似说得很平静，但是心中却早已是翻江倒海，情绪早就止不住往外流。

“对不起。”杨泽文自责地说，“我不是一个好儿子，更不是一个好丈夫、好父亲。我为了追求我所谓的理想生活，抛妻弃女，背井离乡，这一走就走了这么久。我对不起你们，对不起，树菲，我没能在你最需要我的时候陪伴你，朝阳一定很辛苦吧，她替我尽到了一个‘好父亲’的职责，替我奉养我那一双年迈的父母，我对不起朝阳，我对不起你。”

杨泽文失声痛哭，口中不停地道歉。

周树菲拿出纸巾递给杨泽文，安慰道：“爸，别哭了，一个大老男人哭成这样，像什么话。我们都没有怪过你，真的，我们都知道你喜欢音乐，喜欢去一点点品味，去深入探讨，我们都明白。还有，今天我们父女俩团聚了，应该是一个高兴的日子啊。”

“我们去校门口的那家咖啡馆吧，我很喜欢那里，我们在一起好好聊，你跟我说说你追梦的故事，我也跟你说说我这几年的故事，好不好？我们父女俩，一块儿好好说说,好不好?"

"行,行。"杨泽文渐渐收住悲伤的情绪,擦拭泪水,点头,不停地点头,周树菲看得出,这时候的杨泽文是开心的。

难得,周树菲想着。

"父亲"这个词消失在周树菲的世界中多久了,记不起了。他们竟然会在北京相遇,这是一个惊喜,她永久地恋上了这座城,似乎来到这里,就注定是如此美好。

她很幸运,虽然她以一个单纯的目的来到这里,但是却拥有了一个个更加美好的机遇,不管是殷小阳,还是舒倩、陈苏扬,或者是杨泽文——她久违的父亲。

她欣然地笑着,大家都拥有一个精彩的梦想,也愿意为之努力。

先说陈苏扬,她是一个有大志向的女汉子,立志当一名专业的女篮球运动员,尽管她的身高,在众人中不算出众,大伙儿都是一米八,甚至一米九。可是她靠她的灵活,极高的投篮命中率,成功入选校篮球队,并且不负众望成为队长,领导球队为学校赢得了一份份荣耀。

舒倩是一个可爱的小姑娘,写得一手清秀好看的书法,她练习行书大概已经有十四年之久,大约刚上幼稚园,就提着大笔开始在白色的宣纸上,写下一个个方方正正的中国汉字,墨香四溢,飘荡着文书香气。她想当一名优秀的书法家,把中国传统汉字发扬光大。

相识即缘,相知即情。

周树菲写下。

“妈,来北京过年吧,我有个人想介绍给你认识。”周树菲在电话在那头撒娇。

周朝阳正在洗刷盘碗。树菲走后,原本不大的房子突然变得很大,从一头到另一头,似乎也要很长时间。一个人的时候,无论外面如何嘈杂,房间里只有一种安静到心慌的无声。她生起了把父母接来一起住的念头,但老人家在城里,平日里没有事做,也住不长,一个星期以后也就回去了,只留下了一遍又一遍的自我安慰:“树菲过不久就回家来陪我了。”

“谁啊?先说来听听。”周朝阳眉开眼笑,“你这家伙半年不见,也学会跟我卖关子了。”

“你过来就知道了,我帮你把飞机票都订了,等会儿我把短信发给你,明天下午三点的哦。”周树菲笑嘻嘻地,“一定要来,公司不正好放年假吗?赶紧的。”

“啊?”周朝阳傻眼了,惊讶地问,“菲菲,你哪里来的钱给我订机票啊?”

“自己赚的呗,我在这里找了份小工,就是周末在小吃店里端端餐盘之类的,一个月也就八百到九百,一点点存起来,就有了啊。”周树菲说这些感觉特别骄傲,“你女儿我棒吧?而且现在是过年,工资双倍,一个月可赚了。”

周朝阳不由得皱起了眉头,担心地问:“那你平时小心点,不要烫到了。你早些怎么不跟我说?真是的,难道还怕妈妈供不起你上大学啊?”

“不是这样的,我想,我应该自力更生,不能总是赖着你吧。”周树菲慢慢解释。

“好。”周朝阳心疼女儿,又没有办法,“那你平常小心点。”

“知道了。”周树菲偷笑着,道:“明天下午三点的飞机,你现在就赶紧收拾收拾,别到点了东西落这落那的。”

周朝阳笑笑,说:“这点就不用你操心了,在收拾东西这方面,我记性可比你好很多。”

“嘁。”周树菲在电话那头翻了个白眼。不一会儿,母女俩心照不宣地都笑起来,笑声中尽是思念和高兴。

次日,下午五点三十分左右。

“妈!”周树菲在机场门口等待周朝阳出来,一看到周朝阳那身大红的毛大衣,便兴奋地招呼道,摇晃着手臂,生怕她看不到。

周朝阳也看到了周树菲招摇的双手,大步朝她走去。

周树菲诧异地看了看周朝阳的手中,只有一个大包,其他什么都没有带,奇怪地问:“妈,你怎么什么东西都没有带啊?北京很凉的,你有加几件衣服吗?手套什么的都带了吧?真不行,我那里还有几条围巾。”

“你放心吧,我可是穿了好几件加厚棉衣了,冻不着。”周朝阳笑笑,转了一圈,“你看,我都快成一只北极熊了。不过你这小妮子也知道关心妈妈了,真是懂事了不少,看来让你一个人在外面闯闯更好。”

周树菲得意地笑着,道:“那是自然,你女儿是谁?周树菲耶,怎么不优秀了?”

“扑哧”周朝阳笑出了声:“少自恋了,出去这么久,什么都好,就是自恋这毛病还是改不了,在别人面前可没有这样吧?”

周树菲吐了吐舌头,道:“没有。好了,我们先别说这些了,不是说带你去见一个人吗,我们现在快走吧,那个人可等了很久了。”周树菲不由分说,把周朝阳拉到一辆早就叫好的出租车里:“朝阳饭店,谢谢。”司机大哥一踩油门,就开走了。

“妈,来这边。”周朝阳被周树菲拉拽着,拐过一个又一个弯,她自己又不认识路,只好跟着周树菲走。一路上她不停问:“菲菲,我们这是去哪儿啊?那个人是谁啊?不会是李阿姨吧……”

不管怎么问,周树菲总是扔回一句话,“不是,不是,都不是,到了你就知道了。”

终于,在一个门口停下,门牌上写着“团圆厅”,红棕的大门,周朝阳内心一个颤抖,紧张地回过头再次询问:“菲菲,你到底要介绍谁?”

周树菲神秘一笑,打开大门,道:“你自己进去看看吧。”房间里的光透过缝隙一点点被放大,房间里的桌子、沙发也显得格外清晰。

周朝阳疑惑地看了一眼周树菲,周树菲只是笑着,笑着一句话都不说。她小心地迈入地毯,当门全部被打开的时候,她看见沙发上坐着一个人,一个男人,一个在看报纸的男人,很熟悉的背影,很熟悉,她一步步朝那个人走去。

周树菲轻轻合上门,静静站在角落里。

那个男人放下报纸,站起身转过来,对上周朝阳那双惊讶惶恐的眼睛,微微一笑,用厚沉的嗓音温柔地说:“朝阳,好久不见,最近好吗?”

泪水,是的,她还没有张嘴,就已经无法控制地流下了泪水。是暖的,还是寒的?她体会不到,只是脑中一片空白,好像有人给她点了哑穴,话卡在喉咙里,半句都说不出来,只有眼睛在不断地看着前方的一切。

杨泽文轻轻走上前去,站在周朝阳面前,离得很近很近,喃喃低语:“朝阳,我是泽文,我回来了,我回来了,我回来照顾你和树菲了。”

周朝阳抽泣着,平静地把头靠在杨泽文肩上。半晌,她抬起头,失魂落魄地摇着头说:“对不起,对不起,我不认识什么杨泽文,我不认识他……”她别过头去,看见了角落里的周树菲,脸上带着祈求与期待,她惊了一下。

“朝阳,对不起,是我对不起你们,你怎么骂我都行,我不配做一个好丈夫,更不配做一个父亲。”杨泽文听到周朝阳的话,早已是心如刀绞。

或许,为了树菲我应该接受这一切,我等了十几年是为了什么,不就是为了等待我们一家人团圆的那一刻吗?现在他回来了,我为什么要排斥他?接受吧,这是让你足足等了十一年的那个男人。周朝阳垂下头,对杨泽文说:“不好意思,刚才没有控制住情绪,你回来了,真好,你终于回来了。”

“朝阳,你能再给我一次机会吗?我发誓我一定好好补偿你们,让你们过上好日子,让我重新去做一个好丈夫,好父亲,行不行?”杨泽文几乎是乞求的语气,看着杨泽文坚定与诚恳的眼神,周朝阳软了心,不得不答应下来。

她厌倦了漫长的等待,也厌烦了独自的孤寂,或许,真的,她应该放下过去的一切,去接受面前的一切,原来的,或者是新的事物和人。良久的沉默,点点头,她轻轻舒展开笑脸,岁月已经在周朝阳曾经年轻的脸庞上划下了道道尾痕,眼角有皱起的皮层,脸上也多了一些斑点。

杨泽文又惊又喜,张开手臂,问:“拥抱一下吧?庆祝我们的重逢。”周朝阳深深吐出一口气,点点头:“好。”也张开手臂,两人相拥在一起,周朝阳闭上了眼睛,安静地享受当下的幸福。

周树菲看到父母相隔十一年之久,又重新和好,高兴地跑过去,紧紧贴在母亲的背上,开心地拥住他们。

一家人,就这么美好,那么温暖,北京其实一点也不冷。包厢里的窗户还开着，晚风吹进来，一点点，却不冷。

夜晚的北京很繁华，在小年的夜晚，偌大的北京城上空，很亮丽的霓虹闪烁。接连不断的绽放声，是一朵朵花在绽放，一个个希望在绽放。

这何尝不是在祝贺周树菲一家的团聚。

城里灯火通明，繁华的霓虹灯靓丽耀眼，漆黑的夜空中绽放的烟花，与大地上星星明火相映成趣，一时间看醉了周树菲。

她贪婪地汲取着父母怀抱里的温暖，从此以后，家里不再只有两个人了，家里也不再有孤独、空旷了。

“真的，太好了。”她的内心如此喜悦地呐喊。

一年后。

周树菲打开电视，电视正在播报一则新闻：

现今，歌坛上腾空出现了一名天才少年作曲家——王民麒，他在短短三年内，就创作了百余首新颖奇特、脍炙人口的作品，被歌坛前辈誉为“音乐界的奇葩天才”……

周树菲轻轻笑笑，打开邮件，点开沉寂已久的地址，给王民麒发去一段：“祝贺你，‘音乐界的奇葩天才’。我现在也还在创作哦，与你一起前行，总有一天，我会真正超越你的。”点击“发送”，无论他回不回，周树菲都很坦然了。

不过一分钟，一条邮件就来了：

我的合伙人，我在拭目以待。（笑脸）

王民麒

周树菲一时间惊喜到语塞,盯着那么几个字看了许久,虽然只有几个字,却带给她无限的欢喜。

“好,说了就不要后悔!”周树菲有力地敲击着键盘,自信满满地回复。

窗外又是一架飞机划过天际,在湛蓝的天空中留下一道白长的条痕,一直延伸到远方,那架飞机如此熟悉,是的,她见过,就在几年前的一个冬天,飞机带走了一个人……

这次,这架飞机带回了一个梦……

全书 终

后记·有梦花开

在我六岁那年,我喜欢上创作。

在我六岁那年,我有一个梦想。

拥有这个喜好是在一个不经意的瞬间,没想到一坚持就是九年。细想,人这一辈子,又有多少个九年能让你这样坚持着。

那年,我捧着一个本子,信誓旦旦地对父亲说:“爸,以后你要帮我出书!”父亲满心欢喜地看着我,对我承诺:“行,你尽管写,我给你出!”我们都笑了,我笑得那样欣喜,那么欢快。这个承诺也就这样陪伴着我度过了九个春去秋来。

小时候的我,不知道什么是真正的创作,就是天真地觉得,当一篇篇故事,从你的笔下流淌出来,一个个人物,在你的笔下鲜活起来,你会感到无比自豪和满足。

最初的时候,于我而言,写作只不过是一种娱乐自我,放松自我的方式。渐渐长大以后,我也接触了更多不同时期、不同作家的作品,对于写作的概念有了更深的了解,那时我觉得,我要写出优秀的作品,不仅仅是给自己看,也要给大家看,让更多的人都能够欣赏到我的文字,感受我想表达、想传达的一种心情和想法,让大家能够通过我的书,享受一种心灵的宁静和自由。

这部小说其实并不是我的第一部正式完稿的作品，在我小学一年级那年，写过一小部很不像小说的小说，属于那种剧情快进，人物形象不鲜明的儿童读物，字数也不是很多。

但自那以后，我开始真正地热爱上写作，也从中体会到了很多日常生活中所没有的快乐。我尽情想象出各种不一样的角色，各种不一样的生活，就好像演戏一样，你创造出了一个故事，你把自己代入到这个故事中去，体验不一样的人生。这样的感觉很奇妙，因为你不再只是你自己，而是更多更多形形色色的人物，不一样的人物，拥有不一样的性格、喜好，还有不同的人生经历，就好像你也尝遍了人生百态一般。

那是一种幸福。

《有树花开》这一部小说是我在初三这年写的，那时也面临着各种升学压力，我的作家梦就一直堆积着、堆积着。除了一些小散文、小小说，我没有什么很突出的作品，一些平常的作文还受到了改卷老师的各种打击。所以，我就对自己产生了怀疑，为什么我就写不出一部剧情很丰富、情节很完整、人物性格也很鲜明的中长篇小说？难道我所谓的作家就只是这样连一部像样的代表作都没有的三流人物吗？

那时候是暮秋，那个晚上我又失眠了。我就光着脚踩在地板上，把窗帘拉开，看着外面的夜灯，地板很冰，但是不一会儿也就习惯了。那时候已经是深夜了，楼下没有人，只有路灯还亮着，远处广场的七彩灯在一闪一闪的，很耀眼。我把脸颊贴在冰冷的窗户上，感受寒意刺激我的神经。我跟宇宙谈人生、聊梦想。

我很苦恼,我的父母、老师对我抱有很大的期望,我也对自己有很高的要求,但是我的梦想却好像停滞在了某一年的某一刻,再也没有前进过一样。我希望我能够对自己将来想走的路负责,在努力学习的同时,也不要忘记了自己的初心。

我想我的小说应该有一个吸引人的题目,我就问,怎样的题目才算吸引人,比如说“吃肉的兔子”“游泳的小鸟”……这种与现实不符合的现象,就挺有趣的。后来,我的脑海里突然闪现过一组词,就是“会飞的树”,我觉得很奇特,树哪有会飞的,但这就跟梦想一样,就是从一种种不可能,变成可能的过程。

那时我就开心得不得了,感觉灵感就是一瞬间的惊喜。于是,就开始构思这样一部“树”的故事。

小说从十月份开始写起。每天晚上从学校回到家里已经八点半左右了,再洗漱一下,把没有写完的作业写好,几乎已经九点半,我就在睡前半个多小时的时候开始写,每天一页多,就这样一点点、一点点地写。有时候写到高潮部分,特别激动的时候,我会一连写一个小时都不觉得困,然后再回过头来看我写完的那一部分,就特别开心,特别自豪。到周末的时候,我会尽量多写一点,减轻我在上课期间的书写量负担。

当看着这部小说逐渐完整起来,我心里简直激动得说不出话来,就会久久地抚摸被我写下满满文字的纸张,用指尖感受一个个凸起来的文字,内心的那种愉悦感,就好像在天上翱翔那般享受,没有束缚感和拘束感,很自由,很激动。我越写越多,我好像就是我塑造的那个人物,那样执着,距离我的梦想越来越近,看到的越来越清晰。

手稿在十二月份完成。整整写了两个月,整整写了一大本,我每天把它枕在床头，轻轻抚摸它的封面，对它格外爱惜，抱着它的时候，感觉沉甸甸的，里面都是我的文字，都是我写出来的故事，我觉得超级幸福，都有一种高兴得飞上太空的感觉，那样的满足，是很难用语言来表达的。

可是，完成之后，我就陷入了一阵寂静。原本打算在初三的那个寒假就打成电子稿，可是由于下个学期一开学就有一场很重要的选拔考试，我暂时将它搁置在一旁。再后来，我那场选拔考试没有通过，成绩也陷入了低谷，情绪低迷，也无心再关注它。

那时候我正好面临着中考前三个月的冲刺，在这三个月里，我翻阅过它，也冷落过它。最后，中考结束了，我也得到了我满意的结果。它再一次被我拿出来，以华丽的姿态呈现在我面前。

打电子稿的过程是痛苦的，没有人帮我打。我每天要面对着电脑，本来眼睛也就不怎么样，一连几天下来，实在受不了。最多的时候，是一天打了两万字，有时候还会熬夜打，这种"拼命三郎"的行为，也让我在正式完成电子稿后觉得无比骄傲，仿佛又回到了半年前，我那种完成了手稿的满足感。

从手稿到电子稿的过程，都是我一个人在操作的，也很感谢我的老师和同学对我的支持和赞扬，我在这个过程中，真的觉得自己在做一件很有意义的事情。尤其是林海冬老师，她对我在文学方面起到了很大的推动力，让我因此更上一层楼，特别感谢林老师在百忙之中抽出时间来为我写序言，看完以后也是感动至极，感慨颇深。回忆起初中三年的学习时光，也觉得这是其中一大乐趣。

更要感谢九年前对我许下承诺的父亲，还有默默支持我的母亲、一直羡慕我有一本属于我自己的书的妹妹。为了我的梦想而奔波、操心。

由衷感谢他们为我的付出。

这部小说主要是讲述了一个叫周树菲的女生在追求自己梦想的道路上发生的事情。她很热爱音乐,但是由于一些原因又不能去更好地接触到音乐,所以她不断去扫除这些障碍,去追求自己理想的状态。在这过程中她的好闺密林舒雅、音乐天才王民麒、SHOOTING STARS(流星)的队长苏擎……还有更多的人,都给予了她帮助、支持,一起陪着她在这条路上越走越远,还有那个神秘的父亲更是让她在这路上走得坚持、走得执着。

小说有三部曲,每一部的前面是一则童话,这三则童话相互关联,又形成了主人公的整个情感走向。在追求梦想的过程中,周树菲失意过、快乐过……但是总有一股力量在驱动着她坚持下去,去完成自己对自己的承诺。她对于梦想的坚持和追求,同样也是我对于梦想的坚持和追求。

总而言之,我想说明,梦想真的是一个很美好的东西,它会带给你一些意想不到的惊喜与满足,而追梦的过程,就像一棵“会飞的树”那样,有着从一个个不切实际的幻想,到一步步梦想成真的喜悦。

最后,引用三毛的一句话:每个人至少拥有一个梦想,有一个理由去坚强,心若没有栖息的地方,到哪里都是流浪。